정글을 달리는 소년

초판 1쇄 발행 2016년 5월 30일
  5쇄 발행 2023년 10월 4일

지은이 이병승
펴낸이 고영은 박미숙

펴낸곳 뜨인돌출판(주) | 출판등록 1994.10.11.(제406-251002011000185호)
주소 10881 경기도 파주시 회동길 337-9
홈페이지 www.ddstone.com | 블로그 blog.naver.com/ddstone1994
페이스북 www.facebook.com/ddstone1994
대표전화 02-337-5252 | 팩스 031-947-5868

ISBN 978-89-5807-609-4 43810

이 도서의 국립중앙도서관 출판예정도서목록(CIP)은 서지정보유통지원시스템 홈페이지
(http://seoji.nl.go.kr)와 국가자료종합목록 구축시스템(http://kolis-net.nl.go.kr)에서
이용하실 수 있습니다. (CIP제어번호 : CIP2016012341)

*이 책은 한국문화예술위원회의 후원을 받아 토지문화관에서 쓰여졌습니다.

정글을 달리는 소년

이병승 지음

뜨인돌

| 차 례 |

아프리카

여름방학을 맞아 해외여행을 간다고 했을 때 나는 푸른 바다와 하얀 회벽 집들이 그림처럼 펼쳐진 지중해를 떠올렸다.

"아프리카?"

"응. 정확하게는 수케르라는 나라야."

엄마는 아무렇지도 않은 듯 말했다.

나는 내 귀를 의심했다. 몇 번이고 장난치지 말라고 했지만 엄마의 변함없는 표정이 진심이라고 말하고 있었다.

왜 하필? 아프리카? 어릴 때 엄마의 첫사랑이 타잔이었나? 제인이 되고 싶었나? 〈아웃 오브 아프리카〉라는 영화를 좋아하더니 여주인공이 되어 멋진 남자라도 만나는 꿈을 꾼 걸까? 〈정글의 법칙〉 광팬이라서?

아니면 김혜자 아줌마나 오드리 헵번처럼 아프리카에 가서 자원봉사라도 하겠다는 건가?

"출장이야."

"그럼 처음부터 그렇게 말해야지. 난 안 가. 엄마 혼자 가."

다른 엄마 같았으면 비행기 표값이 아까워서라도 혼자 갔을 것이다. 그 돈으로 학원 스케줄을 짜 주거나 기숙 학원에 보내려고 했을 것이다. 아니면 이모 집에 맡길 생각부터 했겠지.

나는 절대로 안 간다고 했다. 무슨 엄마가 이러냐고 투덜대기도 했다. 하지만 소용이 없었다.

엄마는 가느다란 어깨를 축 늘어뜨리고 커다란 눈망울로 나를 말없이 쳐다보기만 했다. 두 눈을 끔벅이며 나를 바라보고 있는 엄마를 보는 순간 아무리 발버둥 쳐도 결국 아프리카에 갈 수밖에 없다는 걸 깨달았다.

아빠와 이혼한 후 엄마에게 나는 아빠나 마찬가지였다. 무슨 일이든 내게 의지했고 나와 의논했다. 내가 해결할 수 없는 문제여도 일단 말을 하는 것만으로도 힘을 얻는 것 같았다.

"만날 나만 찾으니 이러다 마마보이 되는 거 아냐? 엄마가 이러면 아무도 나한테 시집오려고 하지 않을걸?"

그런 말도 엄마의 웃음 앞에서는 무용지물이었다. 겉으로는 아무리 강한 척해도 결국 엄마는 여자였다.

그렇다, 나는 억지로 끌려왔다. 이 머나먼 아프리카 땅에.

이름은 거창하게 '블랙 다이아몬드 호텔'이었지만 시설은 유스호스텔

수준이었다. 타원형 창문으로 금방이라도 기린이 쑥 머리를 들이밀 것 같은 분위기였다.

비행기를 열세 시간 타고 흙먼지 길을 다섯 시간 동안이나 달려온 터라 곧바로 잠에 곯아떨어진 나는 눈을 뜨고도 침대에서 한참 뭉그적거렸다.

아프리카의 투명한 햇살이 유리창을 뚫고 들어왔다. 낡은 에어컨이 돌아가고 있었지만 후끈 달아오른 공기를 식히기엔 역부족이었다.

아까부터 엄마는 창가에 서서 고개를 들고 눈을 감고 있었다. 마치 온몸으로 햇살을 받고 있는 것 같았다.

"엄마, 뭐 해?"

나는 엄마의 옆구리를 콕콕 찔렀다. 엄마는 흘러내린 머리카락을 뒤로 넘기고 반짝이는 안경을 고쳐 쓰며 말했다.

"전투 준비!"

"대통령 만나러 간다며?"

"그러니까 전투 준비지."

"으응?"

"두고 봐. 다이아몬드 광산 운영권! 반드시 따내고 말 테니까."

엄마는 거울 속에 비친 정장 차림의 모습을 보며 아자 아자를 외쳤다. 〈007〉 영화에 나오는 여자 스파이처럼 검고 얇은 서류 가방을 옆구리에 끼더니 내 손을 잡아당겼다. 나는 무거운 여행 가방처럼 엄마 손에 붙들려 억지로 끌려 나갔다.

"난 안 가면 안 돼?"

"안 돼."

"왜?"

"네게 보여 줄 게 있으니까."

"뭔데?"

"엄마의 유능함."

엄마가 눈을 찡긋했다. 엄마의 썰렁 개그였다. 도저히 맞춰 줄 기분이 아니었다.

"헐."

"그리고 남보다 빠른 성공의 비밀! 말하자면 인생의 지혜랄까?"

"그딴 건 천천히 알아도 되는데……."

엄마는 여성 잡지의 화보에서 튀어나온 커리어 우먼처럼 보이고 싶어 했다. 누가 묻지 않아도 엄마가 다니는 회사가 얼마나 크고 유명한 글로 벌 회사인지 은근슬쩍 내비쳤다. 엄마 친구들은 참 착해서 엄마가 원하는 만큼 손뼉까지 쳐 가며 부러워해 주었다.

"여자가 고속 승진하기가 얼마나 어려운지 다 안다."

"정말 대단하다."

"우리들도 본받아야 한다."

그럴 때마다 엄마는 겸손을 가장한 미소를 날리며 커피값을 썼다. 물론 나는 오글거려서 그 자리에 있을 수가 없었다.

회사의 총애를 한 몸에 받고 있는 엄마에게 이번에 주어진 미션은 다 이아몬드 광산 운영권을 따내는 것이라고 했다.

그게 뭐라고 나까지 이 뜨거운 여름에 아프리카의 '수케르'라는 나라에 끌려오게 된 것일까?

"그 운영권인가 뭔가를 따내면 그렇게 좋은 거야?"

"어마어마하지."

"어떻게?"

"다이아몬드 원석을 싼값으로 캐서 수천 배의 가격으로 팔 수 있어."

"수천 배? 그렇게나 많이?"

"여긴 한 사람 일당이 고작해야 일 달러밖에 안 되거든. 우리 돈으로 겨우 천 원 남짓이란 말이지. 과자 한 봉지 값도 안 되는 돈으로 신체 건강한 흑인 남자들을 하루 종일 부려 먹을 수 있단 얘기야."

"와, 엄청 싸네."

문득 텔레비전 광고에서 봤던 장면이 떠올랐다. 우리 돈 만 원이면 아프리카 아이들 몇 명을 살릴 수 있다는 뭐, 그런 내용들 말이다.

엄마는 놀라긴 아직 이르다는 듯 회심의 미소를 지었다.

"광산 운영권을 따내면 엄마는 이곳 지사장이 될 거야."

엄마는 지사장이라는 말에 힘을 주어 말했다. 마치 주술이라도 거는 것처럼, 힘주어 눌러 말해야 반드시 이루어질 거라고 믿는 사람 같았다.

"지사장이 되면 여기 살아야 되는 거 아냐?"

"당연하지. 그러니까 너도 빨리 이 나라에 익숙해져야겠지?"

나는 그제야 엄마가 나를 여기까지 끌고 온 이유를 알 것 같았다. 현지 적응. 엄마는 백 퍼센트 확신하고 있는 것이다.

엄마는 내 얼굴을 보며 눈을 찡긋했다. 그러니 이제 잔말 말고, 따라오기만 하라는 듯 꼿꼿하게 허리를 펴고 당당하게 걸어갔다.

"진짜 여기서 살아야 한단 말이야?"

나는 벼락 맞은 기분이 되었다. 여름방학을 반납한 것도 억울한데 이런 아프리카 오지에서 살아야 하다니, 그건 생각만 해도 끔찍했다.

"엄마도 도시에서 쇼핑하는 게 좋지. 이런 데서 살고 싶겠니? 걱정 마. 영원히는 아니니까."

"그럼?"

"딱 삼 년만 있을 거야. 그다음은 뉴욕으로 갈 거야."

"뉴욕?"

"응."

뉴욕이라는 말을 듣는 순간 벼락 맞은 나무에 푸른 새싹이 순식간에 돋아나는 것 같았다.

어릴 때 엄마와 일 년 넘게 뉴욕 근처에서 살았던 적이 있다. 그때는 주말마다 엄마 손을 잡고 연극이나 공연을 보러 다녔다. 돌아오는 길엔 식당에 가서 맛있는 것도 많이 먹었다. 거기선 학원도 안 다녔고 공부 스트레스도 없었다. 한국으로 돌아올 때는 진심으로 오기 싫어서 떼를 쓰며 울기까지 했다. 엄마 말대로 정말 뉴욕에 가서 살 수 있다면 삼 년 쯤은 지옥이라도 참을 수 있을 것 같았다.

호텔 로비를 지나 출입문을 나서자 하늘이 갑자기 어두워지더니 소나기가 퍼붓기 시작했다.

"날씨 하고는……."

엄마가 하늘을 보며 중얼거렸다.

호텔로 들어오는 지프차 한 대가 엄마 앞에서 흙탕물을 튀기고 갔다.

"어멋!"

엄마가 재빨리 뒤로 한 걸음 물러섰지만 이미 구두는 흙탕물을 뒤집어쓴 후였다.

그때였다.

어디서 나타났는지 구두 통을 멘 여자아이가 잽싸게 뛰어왔다.

"안녕하세요? 제 이름은 야디예요. 야디는 원래 하얀 물소라는 뜻이에요. 하지만 제 피부는 검죠. 밤하늘처럼 새까매요. 저는 아홉 살이지만 열심히 구두를 닦아요. 그래야 저녁을 먹을 수 있으니까요. 아줌마 구두는 참 예쁘네요. 흙탕물에 더러워지지만 않았다면 세상에서 제일 예쁜 구두였을 거예요. 하지만 실망하긴 일러요. 제가 구두를 닦으면 처음보다 더 예뻐질 테니까요."

야디는 거의 목을 90도로 뒤로 꺾은 채 엄마를 올려다보며 중얼거렸다. 야디는 엄마의 대답도 듣지 않고 무릎을 꿇더니 구두를 닦기 시작했다.

"난 닦는다고 안 했는데?"

엄마가 야디를 내려다보며 말했다.

"이렇게 말끔하게 차려입고 나왔으니 중요한 약속이 있는 게 틀림없어요. 그런데 예쁜 옷에 구두만 더러울 순 없잖아요? 돈이 없으면 안 주셔도 돼요. 공짜로 닦아 드릴 게요."

"꼬맹이가 제법이구나."

엄마가 피식 웃으며 나를 봤다.

나는 공연히 비교당하는 것 같아 슬쩍 기분이 나빠졌다.

"다 닦았어요."

야디가 활짝 웃으며 손을 내밀었다. 공짜라는 말은 역시 말뿐이었다. 엄마가 동전 하나를 주었다. 야디는 돈을 받고도 계속해서 손을 벌린 채 웃으며 서서 엄마를 쳐다보았다.

"네가 닦은 구두는 특별히 더 훌륭하진 않았어. 그 정도면 충분하다고 보는데?"

"혹시 중국인이세요?"

"아니."

"그럼 일본인?"

"아니."

"그럼 한국인?"

"그래."

"어쩐지 한국 사람 같았어요. 전 한국을 정말 사랑해요. 언젠가는 꼭 한국에 가 볼 거예요. 제가 구두를 닦는 이유는 돈을 모아서 한국에 가는 비행기 표를 사기 위해서예요."

"내가 중국인이라면 중국을 사랑한다고 했겠지? 중국에 가는 비행기 표를 살 거라고 말했을 테고?"

"물론이죠. 하지만 제가 한국을 사랑한다는 건 진짜, 진짜, 진짜예요!"

"후훗, 야디라고 했니? 넌 어디에 내놔도 굶어 죽진 않겠구나."

엄마가 동전 하나를 더 주었다.

야디는 기다렸다는 듯 동전을 낚아채더니 두툼한 입술을 맞췄다. 그리고 다시 공손하게 배꼽 인사를 했다.

엄마와 나는 약 한 시간 뒤 에붑 대통령의 관저에 도착했다. 한눈에 봐도 유럽의 작은 성을 옮겨 놓은 듯한 호화로운 저택이었다.

마당에 정원사들이 돌아다니고 대리석으로 지은 집 안에는 일하는 사람들이 분주히 움직였다. 까만 이어폰을 귀에 꽂은 경호원들이 곳곳에 서 있었는데 덩치는 모두 산만 하고 허리에 권총을 차고 있었다.

천장이 높은 거실에 들어서자 드럼통 세 개를 연달아 붙여 놓은 것처럼 커다란 몸집의 에붑 대통령이 엄마를 반갑게 맞아 주었다.

소파에 앉은 에붑 대통령은 매운 시가를 계속 피워 대서 엄마와 나는 기침을 했다. 그 분위기가 대통령인지 마피아 두목인지 헷갈릴 정도였다.

엄마는 기침을 하는 내게 대통령 저택을 구경하고 있으라고 했다. 나는 슬슬 돌아다니다가 장식장 안의 소품들을 구경하는 척하면서 엄마와 대통령이 하는 얘기를 엿들었다.

"파비앙은 다이아몬드 광산 계약 연장의 조건으로 아스팔트 도로를 깔아 주고 병원도 세 개나 지어 주겠다고 했소."

대통령이 두툼한 입술을 실룩이며 웃었다.

너희는 뭘 해 줄 수 있느냐고 묻는 듯했다. 에붑 대통령이 자세를 고쳐 앉을 때마다 뱃살이 출렁거렸다.

"저희는 도로를 깔아 드리진 못합니다. 병원도 지어 드릴 수 없어요. 그렇게 큰돈을 거리에 쏟아붓진 못합니다. 대신에……."

"대신에?"

"다이아몬드 광산 수익의 일부를 대통령님의 개인 계좌로 보내 드릴 순 있어요."

　"!"

　에붑 대통령의 실룩이던 입술이 멈추더니 서서히 미소가 번졌다. 내가 원하던 게 바로 그거요, 라고 말하는 듯했다.

　엄마가 에붑 대통령에게 손을 내밀었다. 에붑 대통령도 커다란 손을 내밀었다. 두툼하고 새까만 에붑 대통령의 손아귀 속으로 빨려 들어간 엄마의 손은 입을 쩍 벌린 악어의 이빨에 앉은 악어새 같았다.

추락

엄마는 돌아오는 차 안에서 흥분을 감추지 못했다. 속으로 삼켰던 비명을 지르며 운전대를 탕탕 치기도 했다.

잠시 후, 엄마는 휴대폰을 꺼내 녹음 파일을 열었다. 방금 전에 대통령과 얘기한 내용이 휴대폰에 고스란히 녹음되어 있었다. 엄마는 만족스런 미소를 지으며 에붑 대통령이 다음에 딴소리 못 하게 녹음을 해둔 거라고 했다. 그런 다음 엄마는 회사의 높은 분과 통화를 하느라 바빴다.

나는 팔짱을 낀 채 창밖을 내다보고 있었다. 어른들의 세계에서 나는 기분 나쁜 냄새, 그게 맡아지고 있었다.

"나쁜 대통령 맞지?"

내 질문에 엄마의 얼굴에 뭔가가 스쳐 지나갔다. 나를 바라보는 눈빛이 네가 뭘 알아? 하는 듯했다. 그러나 이내 어차피 감출 것도 없다는 듯 가벼운 숨을 내쉬며 말했다.

"맞아. 국민들은 안중에도 없고 자기 배만 불리려는 아주 고약한 대통령이지. 대통령이라면 당연히 도로를 만들어 주고 병원을 세워 준다는 회사 쪽에 손을 들어 줘야 하는 게 맞지."

엄마가 기분 상할까 봐 괜한 말을 했나 싶었는데 너무 쉽게 수긍해 버리자 나는 한 걸음 더 나갔다.

"내가 볼 땐 엄마네 회사도 나쁜 거 같은데? 그런 제안을 하는 걸 보면."

그렇게 말하고 나는 엄마 눈치를 살폈다.

엄마는 입술을 모아 앞으로 쭉 빼고 머리를 굴리는 듯하더니 이내 빙그레 웃었다.

"우쭈쭈, 우리 아들 많이 컸네?"

"?"

"맞아."

"근데 왜 그래?"

"어른이 되어서 그런가? 점점 어쩔 수 없는 일들이 많아지는 거. 그게 어른이 되는 게 아닐까?"

엄마는 한때 정의의 사도였다. 우리가 사는 아파트 관리 소장은 딴 주머니를 못 찼다. 엄마는 변호사, 검사 뺨치는 솜씨로 부정부패를 캐냈고 아줌마들의 영웅이 되었다.

엄마도 자기 일 앞에서는 어쩔 수 없는 걸까?

"이게 다 널 위해서야."

"난 그런 거 부탁한 적 없는데?"

"뉴욕 싫어?"

"좋아."

"그럼 그것만 생각해."

엄청나게 덜컹이는 비포장도로를 운전하는 동안 엄마와 나는 천장에 머리를 찧었다.

그 바람에 심각했던 분위기가 가벼워졌다. 우리는 그냥 피식피식 웃었다.

"참, 수오야. 내일 비행기 한번 타고 올래?"

"비행기?"

엄마는 '휴먼 엔젤'이라는 아프리카 구호단체 얘기를 꺼냈다. 아프리카 아이들의 사정이야 방송에서 많이 봐서 잘 아는 터였다. 구호단체도 한 둘이 아니었으니 휴먼 엔젤이라는 이름도 어디선가 많이 들어 본 기분이 들었다.

아무튼 도로 사정이 안 좋아서 차로 못 들어가는 지역까지 경비행기를 타고 날아 가서 구호 물품을 떨어뜨려 주는 일을 하는 세계적인 단체라고 했다.

"자원봉사 활동을 하면 봉사 활동 증명서를 떼어 줄 거야. 동네 봉사 활동이 아니라 세계적인 구호단체고 아프리카 현지 봉사야. 이건 아무나 가질 수 없는 경력이잖아? 나중에 미국에서도 대학 진학할 때 도움이 될 거야."

말은 그렇게 했지만 어쩐지 핑계 같았다.

엄마는 뭔가 찝찝함을 덜어 내고 싶은 것 같았다. 나라도 봉사 활동 같은 걸 조금 하면 이 나라에 대한 미안함이 덜어질 거라 생각하는 것 같았다.

"갈 거지?"

"알았어."

대답은 했지만 가고 싶지 않았다. 구호 활동이나 자선, 남을 돕는다는 건 언제나 내키지 않는 일이었다.

나는 그런 도움을 요청하는 사람들의 표정이 싫었다. 마치 천사라도 된 듯 억지로 짓는 부드러운 표정. 그런 얼굴들 앞에서는 모금이나 서명을 하지 않으면 갑자기 나만 나쁜 놈이 되고 만다.

텔레비전에 나오는 아프리카 아이들의 비참한 상황을 보면 재빨리 채널을 돌려 버렸다. 그런 건 나와 상관없는 일이라고 생각했다. 그럼에도 불구하고 가기로 한 건 엄마의 부탁이기 때문이었다. 엄마를 위해서라면 까짓 거 눈 딱 감고 한 번만 다녀오자고 마음을 먹었다.

아프리카 하면 제일 먼저 떠오르는 건 어릴 때 봤던 디즈니 애니메이션 〈라이온 킹〉과 〈타잔〉이었다.

타잔은 영국 귀족 집안의 아들이었는데 아프리카 여행 중에 비행기에서 추락해 동물들과 함께 살면서 유인원이 되었다. 여긴 아프리카였다. 나에게도 그런 일이 일어나지 말란 법은 없었다.

호텔로 돌아온 나는 단단히 짐을 꾸렸다. 엄마는 경비행기 타고 하루 잠깐 다녀오는 건데 무슨 짐을 그렇게 많이 싸냐고 했지만 나는 그래서 더 불안했다.

호텔과 대통령 관저를 오가며 거리에서 본 고장 난 버스와 지프차가 자꾸만 떠올랐다. 폐차 직전의 자동차를 외국에서 수입해 쓰는 거라 툭 하면 고장이 나는 거라고 했다. 그중엔 우리나라 차도 있었다. 이제는 보기 힘든 아주 오래된 차들이었다.

만에 하나 경비행기가 고장이라도 난다면 나는 〈정글의 법칙〉에 나오는 연예인들처럼 스스로 생존을 해야 한다. 조난을 당했을 경우를 생각해서 칼로리가 높고 부피가 작은 초콜릿도 챙겨 넣었다. 강과 늪지대가 있으니 만약을 대비해 휴대폰도 방수팩에 넣었다. 보조 배터리도 충전했다.

다음 날 아침, 나는 휴먼 엔젤 사무소로 갔다. 블랙 다이아몬드 호텔이 있는 시내에서 30킬로미터쯤 떨어진 외곽이었다.

제일 먼저 눈에 띈 건 천사 그림이었다. 커피 전문점 로고 같기도 해서 웃음이 났다. 하얀색 2층 건물과 그보다 열 배쯤 큰 창고가 보였다.

엄마의 연락을 미리 받았는지 봉사 활동가 아저씨는 친절했다. 자기를 샘이라고 소개한 하얀 얼굴의 아저씨는 나를 창고로 데려가 이것저것 구경을 시켜 주었다. 하지만 나는 건성으로 들었다. 그런 내 맘을 아는지 모르는지 동양에서 온 꼬마가 신기한 듯 샘 아저씨는 자꾸만 설명해 주려고 했다. 그의 눈에는 내가 초등학생으로 보이는 것 같았다.

말라리아 백신을 보여 줄 땐 인상이 찌푸려졌다. 백신이라는 게 그 병원균을 희석시킨 거니까 자칫 백신이 깨져서 내 몸에 튀기라도 하면 내가 말라리아에 걸릴지도 모른다는 어처구니없는 생각도 들었다.

흙탕물을 맑게 만들어 준다는 식수 정화제 같은 것을 보여 줄 때는 마실 물도 없어서 흙탕물을 먹고 구호 물품을 구걸하는 아프리카 사람들이 정말 한심해 보였다.

도대체 발전이 없는 나라 아닌가?

내가 유치원 때도 그랬고 지금도 똑같이 도와 달라고 애원하는 불쌍한 아이들의 눈동자가 떠올랐다.

창고 한쪽에선 봉사자들이 하얀 자루에 구호 물품을 분류하고 담는 작업을 하고 있었다. 다양한 인종이 섞여 있었다. 아프리카 여행을 하다 잠시 머무르는 중이라는 미국인 청년, 얼굴이 뽀얀 프랑스 대학생, 서로 친구라는 독일인과 인도 수학자 등등. 세상엔 의외로 착한 사람들이 참 많구나 싶었다. 다시 한 번 나만 이기적이고 나쁜 놈이 된 것 같아서 은근히 찝찝했다.

잠시 후, 샘 아저씨가 내가 탈 비행기로 안내해 주었다. 멀리서 볼 땐 몰랐는데 가까이 가서 보니 비행기들이 하나같이 낡아서 군데군데 녹이 슬었고 페인트가 누껍게 덧발라져 있었다. 게다가 구호 물품을 떨어뜨리기 좋게 양쪽 옆구리가 트여 있었다. 그 안쪽으로 하얀 자루가 쌓여 있는 게 보였다.

문짝도 없는 비행기라니! 이 비행기가 제대로 날기는 하는 걸까?

나는 덜컥 겁이 났다.

"염려 마라. 겉모습은 백 세 노인이지만 힘은 스무 살 청년이야."

샘 아저씨가 비행기 동체를 툭툭 때리며 비행기 안으로 나를 밀어 넣었다.

비행기는 덜컹거리며 활주로를 달리기 시작했다. 나는 비행기 바닥에 엉덩이를 붙인 채 안전 고리를 꽉 잡았다.

잠시 후, 비행기는 하늘로 날아올랐다.

붉은 황톳길을 따라 크고 작은 마을이 보였다. 바오바브나무가 늘어선 길에 물동이를 인 여자가 걸어가는 모습도 보였다. 다리를 절며 가는 노인, 길바닥에 쓰러져 있는 아이, 트럭 한 대에 많은 사람들이 산더미처럼 올라타고 가는 것도 보였다.

샘 아저씨는 시내를 벗어나자 저기가 산체 마을이고 저기는 카케메르 마을이고, 저기는 제일 가난하고 끔찍한 난민촌이고, 저 아래 보이는 건 카카오 농장이고, 저건 벽돌 공장이고 하면서 일일이 설명해 주었지만 나는 별로 알고 싶지 않았다. 그냥 빨리 봉사 활동 시간이 끝나기만을 바랐다.

초록으로 우거진 정글의 상공을 얼마쯤 날아갔을 때였다.

"거의 다 왔다."

조종사 아저씨가 말했다.

"벌써요?"

나는 아래쪽을 내려다보았다.

지금까지 본 마을 중에 가장 큰 마을이었다. 마치 우리나라의 초가집 같은 지붕과 울긋불긋한 지붕들도 보였다. 빨래를 널어놓은 마당과 커다란 나무, 물소 떼를 몰고 가는 노인과 물동이를 이고 가는 여자들도 보였다.

"여긴 제법 부자 동네 같은데요?"

"맞아, 이곳 말그레브 마을은 비교적 형편이 나은 곳이지."

"근데 왜 여기에?"

"난민촌을 보면 네가 충격 받을까 봐 그런다. 하하."

"에이, 설마요?"

"지역은 순서대로 돌아가는데 마침 오늘 순서가 그래. 그리고 말그레브 마을은 그중에 좀 낫다는 것뿐이지 구호 물품이 필요 없다는 건 아냐."

조종사 아저씨가 비행기 고도를 낮추며 마을 상공을 낮게 날았다. 휴먼 엔젤 비행기가 왔다는 신호인 것 같았다.

마을의 흙길을 걷던 이들이 비행기 쪽으로 고개를 들었다. 널찍한 함석지붕 위에서 놀던 아이들과 마당에서 일하던 여자들이 비행기를 보더니 벌떡 일어나 뛰기 시작했다. 순식간에 집집마다 안에서 휘장을 걷고 사람들이 뛰어나왔다. 그들은 비행기의 뒤를 쫓아 뛰기 시작했다.

비행기는 마을 바로 뒤, 강이 흐르는 초원 쪽으로 날았다.

"자, 여기서 떨어뜨려 주면 돼."

샘 아저씨가 하얀 자루를 집어 들더니 아래쪽으로 떨어뜨렸다.

하나,

둘,

셋……

하얀 자루는 마치 거대한 눈송이처럼 아래쪽으로 떨어졌다.

비행기를 따라온 마을 주민들은 구호 물품 자루를 향해 벌 떼처럼 달려들었다.

순식간에 자루를 챙긴 마을 사람들은 하나라도 더 갖겠다고 싸움을 벌이기 시작했다. 어깨에 이미 자루를 두 개나 멘 남자가 한 개를 가진 남자를 걸어찼다. 자루를 양쪽에서 잡아당기며 바닥에서 뒤엉켜 싸우는 아줌마들도 있었다. 그 와중에 넘어져 우는 아이도 있었고, 팔꿈치에 얻어맞아 쓰러진 노인도 있었다.

바로 그때였다.

허리 높이 정도의 푸른 수풀 속에서 새까만 아이 하나가 튀어나왔다. 맨발의 소년이었다. 소년은 어깨에 소총을 둘러메고 있었다. 소년은 난장판으로 싸우고 있는 마을 사람들을 보며 미간을 찌푸렸다. 소년은 어깨에 멘 총을 돌려 잡고 마구 갈겨 대기 시작했다.

타타타탕 —.

타타타탕 —.

총성에 놀란 주민들이 바닥에 납작 엎드렸다.

소년은 총을 쏘며 성큼성큼 걸어갔다. 사람들을 죽이려는 의도는 아닌 것 같았다. 발 앞에 떨어진 구호 물품 자루를 잡은 소년은 질질 끌고 강 쪽으로 가서 있는 힘껏 던져 버렸다.

자루가 물속으로 서서히 가라앉았다.

성난 남자 하나가 소년에게 달려들며 소리쳤다. 소년은 휙 고개를 돌리더니 다시 위협적으로 그 남자 쪽을 향해 총을 쐈다. 달려들던 남자가 놀라서 납작 엎드리자 이번엔 우리가 탄 비행기 쪽을 향해 총구를 겨누고 마구 갈겨 대기 시작했다.

타타타타탕 —.

타타타타탕 —.

놀란 조종사 아저씨가 급히 방향을 바꾸며 다급하게 무선 교신을 시도 했지만 뭔가 상태가 좋지 않아 보였다.

순간, 비행기 날개 쪽에서 검은 연기가 펑 하고 치솟았다. 비행기는 강쪽으로 날아가며 점점 고도가 낮아졌다.

"으아아아악!"

나는 비명을 질렀다.

비행기는 다시 고도를 높이며 선회했고, 그 원심력 때문에 나는 잡고 있던 손잡이를 놓쳤다.

"아악!"

내 몸이 미끄러지며 바닥을 굴렀다. 바깥으로 떨어지지 않으려고 안간힘을 썼지만 역부족이었다. 잡을 만한 것이 없었다.

바닥을 치며 더듬던 내 손이 미끄러지고 내 몸은 비행기 밖으로 튕겨 나갔다.

아아, 이렇게 죽는 건가?

하늘이 뱅글뱅글 돌았다. 강물이 빙글빙글 돌았다. 나는 추락하며 정신을 잃었다.

룩카네 가족

얼마나 시간이 지났을까?

눈이 떠졌다. 질척하고 미끈거리는 늪의 진흙이 내 몸을 부드럽고 강하게 조이고 있었다.

주변은 캄캄했다. 아무것도 보이지 않았다. 온몸이 욱신욱신 아팠다. 팔이 부러진 것 같았다. 다리도 인대가 늘어난 것 같았다.

온몸을 찌르는 듯한 통증과 추위가 몰려왔다. 나는 꼼짝을 할 수 없었다. 정신은 몽롱했다. 서늘한 바람이 불었다.

아마도 나는 비행기에서 떨어져 강물에 처박히며 정신을 잃었을 것이고 그렇게 얼마쯤 떠내려가다가 늪지대에 걸렸을 것이다. 하지만 이대로 있다간 짐승의 밥이 되거나 수렁에 빠져 죽거나 둘 중 하나가 될 게 뻔했다.

"살려 주세요!"

공허한 메아리만 돌아왔다.

"누구 없어요?"

아무도 없었다.

시간이 흐르고 추위가 몰려오고 내 몸은 아주 서서히 늪으로 가라앉고 있었다. 등에 멘 가방도 진흙 범벅이 되어 있었다. 가방을 벗어 버리고 싶었지만 벗어지지도 않았다.

아, 진짜 괜히 왔다!

난 아프리카가 싫어!

이렇게 될 줄 알았으면 무슨 수를 써서라도 아프리카에 오지 않았어야 했다.

나는 왜 바보처럼 엄마를 따라왔을까? 따라왔더라도 휴먼 엔젤 비행기는 타지 말았어야 했다. 비행기는 무사히 돌아갔을까? 엄마는 날 구하러 오지 않고 뭘 하고 있는 거지?

순간, 어둠 속에서 번쩍거리는 눈빛이 보였다.

저건 뭐지? 악어인가?

짐승의 눈이 불꽃처럼 일렁이며 다가오고 있었다.

"저, 저리 가!"

그게 뭐든 짐승의 밥이 되거나 수령에 가라앉아 숨이 막혀 죽거나 나는 곧 죽게 될 것만 같았다.

눈물이 왈칵 쏟아졌다.

그런데 풀을 밟으며 다가오는 발자국 소리가 들렸다. 와르르 쏟아질 듯 별이 총총한 하늘을 배경으로 다가오는 것의 그림자가 드러났다.

낮에 비행기를 향해 총을 쏴 댄 바로 그 흑인 소년이었다.

그 아이는 나와 내 앞으로 다가오는 눈동자를 번갈아 보더니 돌을 주워들었다.

손바닥으로 돌을 가늠하다가 있는 힘껏 돌을 던지자 퍽, 소리와 함께 기괴한 짐승의 소리가 났다. 동시에 물을 후려치는 소리가 나더니 눈동자도 어둠 속으로 사라졌다.

"악어였어."

소년이 기다란 막대기를 내밀며 말했다.

나는 막대기 끝을 잡았다. 소년이 힘을 쓰자 내 몸이 수렁에서 조금씩 빠져나왔다.

"고, 고마워……."

나는 하늘을 보고 누웠다.

잠시 숨을 고른 후 나는 서둘러 가방을 벗어 뚜껑을 열어 보았다. 진흙 범벅이었지만 다행히 방수팩에 든 휴대폰과 배터리 등은 멀쩡했다. 초콜릿도 무사했다.

이젠 살았다는 생각에 가슴을 쓸어내리다가 퍼뜩 정신이 들었다. 내가 이렇게 된 건 바로 저 녀석 때문이었다. 불끈 화가 치밀었다. 나는 녀석에게 소리쳤다.

"너 뭐야?"

"……."

"너 뭐냐고?"

"……."

"왜 총을 쏜 거냐고!"

나는 버럭 소리를 질렀다.

녀석은 대꾸도 없이 태연하고 뻔뻔한 얼굴로 가만히 나를 바라보기만 했다. 그러다가 휙 돌아섰다.

"야! 그냥 가면 어떡해?"

나는 겁이 나 다시 고함을 질렀다.

녀석이 멈췄다. 그리고 고개를 돌려 나를 쳐다봤다. 마치 동물의 눈동자를 보는 것 같았다. 생각을 하는 건지, 아무 생각이 없는 건지 가늠할 수 없는 묘한 눈빛이었다.

마침내 소년이 두툼한 입술을 열었다.

"총을 쏘긴 했지만 맞히진 않았어."

"비행기 엔진에서 불이 났잖아!"

녀석이 나를 빤히 보더니 갑자기 등 뒤에 멘 총을 꺼내 들었다. 나는 화들짝 놀라 몸을 웅크렸다.

"오른쪽 나무 위 열매!"

탕―.

녀석이 중얼거리더니 총을 겨누고 방아쇠를 당기자 오른쪽 나무의 열매가 박살이 났다.

"왼쪽 두 번째 나뭇가지!"

탕―.

녀석이 또 총을 쐈다. 녀석이 말한 대로 나뭇가지가 부러졌다.

"거북이 모양의 바위!"

탕—.

거북이 모양의 작은 바위가 튕겨 나갔다. 녀석은 말한 대로 백발백중으로 다 맞힌 다음 총을 내렸다.

"난 이쪽으로 오지 말라고 경고만 했어. 비행기 엔진에 불이 난 건 비행기가 낡아서 그랬겠지. 내 탓이 아냐."

"좋아. 네가 총을 잘 쏘는 건 알겠어. 하지만 그게 증거가 되진 않아. 오히려 더 정확하게 맞혔다는 증거가 될 수도 있지."

"믿든가 말든가 그건 네 맘이고……."

녀석이 또 그냥 가려고 했다.

나는 덜컥 겁이 났다. 수렁에서 빠져나오긴 했지만 이 정글 속에 버려지면 죽는 건 똑같았다.

"그냥 가면 어떡해!"

내가 울먹이며 소리치자 녀석이 걸음을 멈췄다.

잠시 갈등하는 것 같았다. 녀석은 혼잣말을 중얼거렸다. 하지만 그 눈빛이 말하고 있었다. 나를 그냥 버려두고 가진 않을 거라는 것을.

녀석이 내게 다가와 등을 대고 앉았다.

"업혀!"

돌덩이처럼 단단한 녀석의 등에 업히자 녀석이 바람처럼 달리기 시작했다. 아프리카의 북소리처럼 리듬이 느껴졌다. 어느덧 모든 긴장이 풀리면서 나는 까무룩 정신을 잃듯 잠이 들고 말았다.

"쿨럭쿨럭."

목이 따가워 기침이 났다. 정신이 반쯤 들었다. 얼기설기 나뭇가지를 엮은 천장이 보였다. 나는 등나무 침대 같은 것에 눕혀져 있었다. 눈앞에 희고 푸르스름한 연기가 안개처럼 피어올랐다. 매캐한 연기 사이로 이상한 노인의 얼굴이 보였다.

다큐멘터리 같은 데서 보던 흑인 원주민 노인이었다. 얼굴엔 형형색색의 칠을 하고 머리엔 이상한 깃털이 달린 모자를 쓰고 있었다. 갈비뼈가 드러난 앙상한 몸으로 이상한 주문을 외우며 연기 나는 나뭇가지를 내 몸 위에 흔들어 댔다.

"누, 누구세요?"

내가 묻자 노인이 나뭇가지를 두 손으로 모아 쥐고 말했다.

"나는 말그레브의 주술사 말렘이다. 걱정 마라, 내가 널 치료해 줄 테니까."

주술사 말렘이 계속해서 이상한 주문을 외우며 연기 나는 나뭇가지로 내 몸을 툭툭 쳐 댔다.

"말렘, 이제 그만하라니까요!"

천막을 젖히며 그 흑인 소년이 들어왔다.

그제야 녀석이 자세히 보였다. 목이 늘이난 티셔츠를 몇 겹 껴입고 그 위에 때가 꼬질꼬질한 바바리 같은 긴 점퍼를 걸치고 있었다. 등에 멘 총이 아니라면 딱 각설이로 보일 만했다.

"루카, 이 녀석의 표정을 봐라. 내 주술로 벌써 쌩쌩해진 것 같지 않니? 이러다 벌떡 일어날 거야."

말렘이 이빨 빠진 입으로 웃으며 소년에게 말했다. 나는 녀석의 이름이 루카라는 것을 알았다.

"그건 내가 진통제와 항생제를 먹여서 그런 거예요. 저리 비키세요. 약 먹일 시간이에요."

루카가 내 입을 벌리고 알약을 넣었다. 그리고 더러운 바가지로 물을 먹였다. 얼굴 표정이나 손동작이 하기 싫지만 어쩔 수 없어서 한다는 투였다. 나는 얼떨결에 약을 삼켰다.

"말렘 할아버지는 이제 그만 돌아가세요. 이 녀석은 내가 알아서 할 테니까요."

루카가 말렘의 등을 떠밀며 밖으로 내쫓았다.

말렘은 머리에서 떨어진 이상한 모자를 주워 쓰고 벗어 놓은 파란 셔츠를 입고 허둥지둥 밖으로 나갔다.

루카는 천막을 젖히고 손을 휘저어 연기를 밖으로 몰아냈다.

말렘은 마당으로 나가더니 뼈대만 앙상하게 남은 고물 오토바이를 탔다. 몇 번이나 시동을 걸려고 발길질을 하다가 겨우 시동이 걸리자 검은 연기를 내뿜으며 사라졌다.

약 기운 때문인지 그 모습을 보며 나는 다시 잠이 들었다.

다시 어렴풋이 눈을 떴을 때였다. 나뭇가지를 얽어 만든 벽 틈 사이로 마당의 풀밭 위에서 움직이고 있는 누군가가 보였다.

때가 잔뜩 낀 노란 트레이닝 바지를 입은 어떤 남자가 상의를 벗은 채 이상한 무술 동작을 연습하고 있었다. 발로 허공을 찬 후 두 손으로 바닥을 짚으며 발로 다시 한 번 허공을 때리는 동작이었다.

핫!

핫!

핫!

몇 번이나 같은 동작을 반복하자 검고 단단한 근육질 몸이 땀으로 번들거렸다.

자세히 보니 나무에 매달린 열매를 발로 차려고 하는 것 같았다. 하지만 발끝은 매번 열매 밑에서 헛발질이었다.

핫!

핫!

핫!

몇 번이나 반복해서 회전 발차기를 하던 노랑 트레이닝의 바지 엉덩이가 북 찢어졌다. 트레이닝 속은 팬티가 없는 맨살이었다. 까만 엉덩이가 드러나자 나도 모르게 피식 웃음이 났다. 그 순간 노랑 트레이닝과 내 눈이 마주쳤다. 나는 고개를 돌리며 질끈 눈을 감았다.

노랑 트레이닝이 안으로 들어오더니 등나무 침대에 누워 있는 나를 뚫어지게 쳐다봤다. 나는 숨도 쉬지 않고 자는 척을 했다.

"스카 형, 여기서 뭐 해?"

마침 루카가 또 약을 들고 왔다.

"이 녀석 방금 깬 것 같았는데……. 근데 루카, 너 무슨 약인지는 알고 먹이는 거냐?"

"알아."

"네가 아무리 똑똑하다 해도 의사는 아니잖아?"

"걱정 마."

"이러다 죽기라도 하면……."

스카가 자기 몸을 닦던 수건으로 내 얼굴의 땀을 닦아 주었다. 땀 냄새가 시큼해서 고개를 돌릴 뻔했지만 꾹 참았다.

"이 녀석은 살아도 문제, 죽어도 문제야."

"왜?"

"내가 총을 쏴서 비행기가 추락했다고 생각하고 있거든. 돌아가서 쓸데없는 소릴 지껄이면 우리가 보복을 당할지도 몰라."

"!"

자는 척하던 나는 깜짝 놀랐다. 루카의 말에 스카도 당황하는 것 같았다.

"그러게 총은 왜 쏴?"

"형은 알면서 왜 물어?"

루카가 못마땅한 투로 말했다.

스카는 더 이상 아무 말도 하지 않았다. 아무리 봐도 스카가 형인 것 같은데 루카의 말을 고분고분 듣는 것이 이상했다.

그때였다.

"오빠들! 여기서 뭐 해?"

휘장을 젖히며 꼬마 계집애가 들어왔다. 어디서 많이 들어 본 목소리였다.

"어? 이 오빠는…… 호텔에서 봤던…… 근데 왜 여기 누워 있지?"

호텔 앞에서 엄마의 구두를 닦던 바로 그 꼬맹이 야디였다. 구두 통을 멘 채 들어온 야디는 나를 요리조리 살피더니 손뼉을 치며 두 눈을 동그랗게 떴다.

"우리 돈 벌었다!"

"뭐?"

"이 오빠 엄마 말이야. 비행기가 추락하고 아들이 실종됐다고 현상금까지 걸고 찾고 있어. 우리가 안전하게 보호하고 있다는 걸 알면 돈을 줄 거야."

야디가 뛰어 나가려고 하자 루카가 야디의 팔을 잡았다.

"그 비행기에 탄 사람들은? 조종사는 무사하대?"

"많이 다쳐서 병원으로 옮기긴 했지만 죽지는 않았다던데?"

루카가 안도의 한숨을 내쉬었다.

"그럼 이제 가도 되지?"

야디가 뛰어 나가려고 하자 루카가 또다시 야디를 붙잡았다.

"지금은 안 돼."

"왜?"

"그 전에 먼저 해야 할 일이 있어."

"할 일?"

"이 녀석이 확실하게 믿어야 돼. 내가 총을 쏘긴 했지만 비행기를 맞히진 않았다는 걸."

루카의 말이 끝나는 순간 나는 눈을 번쩍 뜨고 몸을 일으켰다.

"믿어!"

모두가 놀란 눈으로 나를 돌아봤다.

언제부터 깨어 있었냐고 묻는 눈빛이었다.

나는 내 가슴을 치며 맹세하듯 말했다.

"믿는다고! 루카, 넌 총을 잘 쏘잖아. 실수할 리가 없어. 일부러 맞힌 것도 아냐. 그러니까 날 엄마한테 돌려보내 줘!"

루카는 의심이 가득한 눈으로 나를 바라보았다. 스카는 루카의 눈치를 살폈다. 야디는 루카의 옆구리를 찌르며 뭘 망설이냐고 재촉했다.

"그래도 내가 쏜 총 때문에 비행기가 급선회를 했어. 그래서 네가 균형을 잃고 미끄러졌을 거야. 네가 비행기에서 추락한 건 그 때문이야."

"맞아, 맞아."

"그러면 내 책임은 없는 건가?"

루카가 내 속을 꿰뚫어 보려는 듯 쏘아보았다. 흰 눈자위에 푸른빛이 도는 것 같았다.

"넌 지금 빨리 돌아가고 싶어서 정말 물어야 할 건 묻지도 않고 있어."

"내, 내가 뭘 물어야 하는데?"

"내가 총을 쏜 이유!"

"솔직히 그건 아무래도 상관없어. 지금 나한테 중요한 건 빨리 엄마에게 돌아가는 거라고."

나는 루카를 애원하는 눈빛으로 쳐다봤다.

루카는 입술을 꽉 깨물고 생각에 잠겼다가 말했다.

"지금은 돌려보낼 수 없어. 네가 이유를 알아내면 그때 보내 줄게."

"뭐?"

나는 한숨이 나왔다.

"루카 오빠. 저 오빠가 그걸 어떻게 알겠어? 그러지 말고……."

"야디, 이 녀석도 알 건 알아야 해!"

루카의 단호한 태도에 야디는 입을 꾹 다물었다. 하지만 금방 다시 불평을 토했다.

"그, 그치만…… 이 오빠 엄마가 얼마나 걱정하고 있는데? 그 모습을 봤다면 루카 오빠도 이러진 못할 거야."

"우리 엄마가 어떤데?"

내가 다급하게 물었다.

"호텔 앞에 쭈그리고 앉아서 하루 종일 울었어. 사람들 붙잡고 아들을 찾아 달라고. 진짜 정신 나간 허깨비 같았어."

엄마가 얼마나 걱정하고 있을지 생각하자 눈물이 왈칵 났다.

"루카, 제발 보내 줘!"

"어차피 넌 지금 제대로 움직이지도 못해. 내가 총을 쏜 이유를 알아내!"

루카는 그렇게 말하고 더러운 컵과 약을 내밀었다.

총을 쏜 이유

루카는 왜 비행기에 총을 쐈을까?

나는 넝쿨 침대에 누운 채 하루 종일 그 이유를 생각했다.

루카가 다시 약을 들고 왔을 때 나는 기다렸다는 듯이 말했다.

"구호 물품을 실은 비행기라는 걸 몰랐을 거야. 그렇지?"

"알았어."

"알면서 총을 쐈다고?"

"그래."

"그게 말이 돼? 왜 도와주려는 사람한테 총을 쏴? 폭탄을 실은 게 아니라 구호 물품을 실은 비행기라고."

"그러니까 그 이유를 알아내란 말이야."

"아아, 모르겠어. 물에 빠진 사람한테 밧줄을 던져 줬는데 왜 돌을 던지지?"

"비유가 적당하지 않아."

"혹시 자존심이 상해서 그런 거야? 도움 따위는 받고 싶지 않다는?"

"그런 알량한 게 아냐."

"아아, 아무리 생각해도 모르겠어!"

"돌아가고 싶지 않으면 몰라도 돼. 난 네가 그 이유를 알아내야만 돌려보내 줄 거야."

루카는 내게 알약을 먹이고 나갔다. 물맛이 비리고 역겨웠다.

쳇, 식수 정화제는 왜 안 쓰는 거야?

하루에 한 끼, 더러운 플라스틱 그릇에 담은 냄새 나는 밥 혹은 멀건 죽.

루카네 가족이 먹는 음식은 보기만 해도 구역질이 올라왔다.

"먹어."

"싫어."

"굶어 죽을래?"

"못 먹겠어."

"그렇지? 지금 네가 못 먹겠다고 하는 게 내가 총을 쏜 이유와 같아."

루카가 말했다.

"그렇게 말하면 나도 잘 모르겠는데?"

야디가 내게 삶은 감자를 주며 루카를 타박했다.

루카는 맨손으로 밥을 퍼서 먹었다. 스카 형은 묵묵히 나를 바라보기만 했다.

야디는 매일 물을 길어 왔는데 마시는 물, 설거지를 하는 물도 더러워 그릇은 보기만 해도 고개를 돌리게 만들었다.

나는 가방 속의 비닐에 든 초콜릿을 몰래 꺼내 야금야금 먹었다. 초콜릿이 떨어지면 큰일이라 아껴서 조금씩만 먹었다.

진흙투성이로 말라 버린 옷은 털어서 대충 입고 있어야만 했다. 씻고 싶었지만 씻을 수도 없었다. 파리가 온종일 윙윙거렸다.

지옥이 따로 없었다.

루카가 총을 쏜 이유를 내 머리로 알아낼 수 없다면 야디의 도움을 받는 수밖에 없었다. 야디는 루카가 왜 그랬는지 아는 것 같았다. 야디에게 물어보자, 그렇게 벼르고 있었다.

저녁이 되자 야디가 둘둘 만 양탄자를 들고 차박차박 걸어와 문밖에 펼쳤다. 양탄자 위에 무릎을 꿇고 앉은 야디는 붉은 노을을 향해 두 팔을 벌리고 알 수 없는 소리로 주문 같은 것을 외웠다.

"기도하는 거야?"

"응."

"누구한테?"

"신한테."

"무슨 소원을 비는데?"

"그만 돌아가 주세요, 라고."

"뭐?"

"옛날부터 우리 말그레브 마을 사람들은 서쪽 태양신을 향해 기도를 했어. 그때는 모두가 행복했어. 하지만 지금은 이상한 외국 신이 들어와서 우리가 불행해졌어. 이 신은 우리를 별로 좋아하지 않아. 우리가 아무리 비명을 질러도 들은 척도 안 해. 그러니까 이제 그만 돌아가 주세요, 라고 기도하는 거야."

야디가 다시 기도를 하기 시작했다.

나는 좀 어리둥절했지만 야디의 기도가 끝나기를 기다렸다. 기도 중에 얼핏 전쟁이 빨리 끝나게 해 달라든가, 돌아가신 엄마가 보고 싶다든가, 매일 한 끼의 밥은 꼭 먹게 해 달라든가 하는 소리가 들렸다.

야디가 기도를 마쳤을 때 나는 다시 물었다.

"루카가 총을 쏜 이유가 뭔지 알아? 알면 좀 가르쳐 줄래?"

"얼마 줄 건데?"

야디가 고개를 획 돌리고 반짝반짝 빛나는 눈으로 물었다.

"얼마 주면 가르쳐 줄 건데?"

"이만큼."

야디가 양 손가락을 쫙 폈다.

"알았어. 하지만 지금은 돈이 없어. 엄마한테 돌아가면 줄게."

"약속!"

야디가 새끼손가락을 걸자고 했다.

야디의 손가락은 거칠었다. 손가락을 걸고 손등을 부비고 코로 도장까지 찍었다.

"루카 오빠가 총을 쏜 이유는 간단해. 우리가 정말로 필요한 걸 주지 않고 엉뚱한 것만 주기 때문이야. 오빠가 화난 이유는 딱, 그거야."

"꼭 필요한 거?"

"응."

"언젠가 오빠가 해 준 얘기가 있어."

"뭔데?"

"어떤 착한 백인이 있었어. 백인은 흑인 노예를 아끼고 사랑했어. 그래서 약속했어. 나는 절대로 널 때리지 않을 것이고 굶기지도 않을 거야. 그리고 죽을 때까지 그 약속을 지켰어. 하지만 흑인 노예는 조금도 기쁘지 않았어. 왜냐하면 그가 정말로 원한 건 자유였거든."

야디의 이야기는 뭔가 알 것 같으면서도 선명하지 않았다.

"보기보단 멍청하네. 답답하긴."

야디가 나를 데리고 집 뒤의 구석진 곳으로 갔다. 거기엔 하얀 자루가 쌓여 있었다. 구호 물품을 담았던 빈 자루였다.

"이 안에 뭐가 들어 있었는지 알지?"

"알지."

"루카 오빠는 이 안에 담긴 게 맘에 안 드는 거야."

"도대체 뭘 원하는데?"

"물론 우리보다 훨씬 가난한 산체 마을이나 카케메르 마을이나 저 멀리 북쪽에 있는 난민촌이나 남쪽의 나병 환자 촌 같은 곳에서는 이런 게 꼭 필요하겠지. 거긴 물도 없고 약도 없으니까. 그래서 아빠가 구호 물품을 이고 지고 날라다 주고 있지만."

"아빠도 있었어?"

"응. 우리 아빠 이 마을 촌장이야. 구호 물품을 이웃 마을에 나눠 주러 가셨어. 한번 가면 며칠씩 걸리거든."

"그렇구나."

"아무튼 오빠가 원하는 건 백신이나 구급약이 아니라 병원과 의사야."

"뭐?"

"딸랑 통조림 몇 개가 아니라 통조림 공장, 책 몇 권이 아니라 학교와 도서관이라고."

야디의 말은 뜻밖이었다.

'통 큰 세일' 그런 말은 수없이 많이 들었지만 이건 뭐 '통 큰 구호'라고나 할까? 어마어마한 자선이라고나 할까?

"근데 이 작은 자루 안에 병원을 담을 수 있어? 학교와 공장을 담을 수 있어?"

나는 좀 어이가 없었다. 속에서 부글부글 화가 치밀었다.

"그게 말이 돼? 정말 그게 이유라면 루카는 완전 떼쟁이잖아? 배고픈 자에게 밥을 주었더니 스테이크를 안 준다고 난리를 치는 거라고!"

"루카 오빠를 나쁘게 말하지 마!"

야디는 눈썹을 찡그리며 금방이라도 덤벼들 듯 주먹을 쥐었다.

"아, 알았어. 화내지 마. 그럼 너도 그래? 너도 이 안에 다른 게 들었으면 좋겠어?"

"응."

야디는 다시 표정을 풀고 천연덕스럽게 말을 이었다.

"뭐가 있었으면 좋겠는데?"

"기타."

"뭐?"

"건반도 좋고."

"헉!"

내 반응에 야디는 뿔이 난 것처럼 코를 찡그리고 달려들 듯 턱을 치켜 들었다.

"왜? 난 그런 걸 갖고 싶어 하면 안 돼?"

"아니. 안 될 건 없지만……."

"내 꿈은 가수가 되는 거야. 그래서 언젠가 꼭 미국에 가서 진짜 유명한 가수가 될 거야."

"그럼 엄마한테 한 얘기가 사실이었던 거야?"

"응. 가수가 되려면 미국에 가서 오디션을 봐야 해. 그러려면 제일 먼저 비행기 표를 사야 하지. 하지만 그건 너무 비싸. 구두를 하루도 안 빼놓고 오 년쯤 닦으면 어쩌면 살 수 있을지도 모르지. 하지만 우린 여권도 없어. 근데 진짜 이상하지 않아? 미국 사람들은 우리나라에 맘대로 왔다 갔다 하는데 왜 우리는 미국에 맘대로 못 가? 아아, 난 어쩌면 영원히 미국에 못 갈지도 몰라."

야디는 울먹이던 얼굴을 다시 펴고 마치 환상을 꿈꾸듯 두 손을 모으고 말했다.

"난 보컬 트레이닝도 받고 싶어. 그리고 제일 필요한 건 컴퓨터와 인터넷이야. 내가 듣는 노래들은 너무 옛날 거야."

"옛날 노래는 어떻게 구했는데?"

"호텔에서 구두를 닦다 보면 여러 사람을 많이 만나. 그중에는 엠피쓰리를 흘리고 간 사람도 있고 내 꿈 얘기를 듣고 노래를 넣어 준 사람도 있어."

한국에서 내가 본 아프리카의 아이들은 언제나 앙상한 갈비뼈를 드러내 놓고 울고 있었다. 벌거벗은 채, 코에 튜브를 끼고 다 죽어 가는 슬픈 눈빛을 하고 있는 아이들뿐이었다. 그러나 야디는 달랐다.

호텔 주변을 맴돌며 외국인을 많이 만나서 아는 게 많은 것인가?

미국에서 유명한 가수가 되겠다는 건 아프리카 아이가 가질 꿈이 아닌 것 같았다. 어쩌면 이게 나의 편견인가 싶기도 했다. 아프리카 아이들은 무조건 가난하고 꿈이라고 해 봐야 하루 세 끼를 배불리 먹는 것 정도여야 한다고 생각하는 나의 편견.

"나는 그렇다 치고, 스카 오빠는 또 다른 게 필요해."

"다른 거 뭐?"

"스카 오빠의 꿈은 액션 배우야. 그래서 카포에라 무술을 연습하고 있어."

스카 형이 연습하고 있던 무술의 이름이 '카포에라'라는 것도 그때 처음 알았다.

"그리고 우리는 더 많은 게 필요해. 전기도 필요하고, 텔레비전도 필요하고, 방송국도 필요하고, 오토바이도 필요해. 길이 중간에 툭툭 끊어지고 울퉁불퉁해서 트럭도 겨우 다녀. 그래서 오토바이가 아니면 시내로 나갈 수도 없어."

"그럼 넌 어떻게 호텔까지 왔다 갔다 하는데?"

"우리 마을에 오토바이가 딱 한 대 있거든. 주술사 말렘 할아버지 거야. 난 그 뒤에 타고 다녀."

"아, 그렇구나."

"하지만 스카 오빠한테 필요한 건 어쩌면 정신과 의사인지도 몰라."

"뭐?"

"스카 오빠…… 사람을 죽였거든."

"!"

야디는 또다시 심각하고 걱정 많은 얼굴이 되었다.

"스카 오빠는 날마다 밤에 악몽을 꿔. 그러다 비명을 지르면서 벌떡벌떡 일어나."

"왜?"

"어릴 때 반군 소년 병사로 끌려갔었거든. 거기서 그랬대. 몇 명인지 셀 수도 없이 많이……."

야디의 말은 나를 혼란에 빠뜨렸다.

도대체 여긴 어디지? 야디의 말은 어디까지 믿어야 하고 어디까지가 거짓말이지?

액션 배우와 가수가 꿈인 아이와 반군 소년과 살인이라니 도저히 연결이 되지 않았다. 믿어지진 않았지만 야디가 거짓말을 하는 것 같진 않았다.

어쩌면 아프리카라서 가능한 것일까?

지금 내 앞에 있는 야디가 입고 있는 옷만 해도 그렇다. 분홍 블라우

스에 샌들과 야전잠바는 도저히 어울리지 않는다. 맨발의 루카와 군화를 신고 있는 스카 형도 어울리지 않는다.

어울리지 않는 것들이 집합해 있는 곳이 아프리카가 아닐까? 아프리카에도 부자 나라가 있고 가난한 나라가 있듯이. 사막과 정글이 공존하듯이.

"야디."

"응?"

"노래 한번 불러 봐. 내가 동영상으로 찍어 뒀다가 유튜브에 올려 줄게. 한국에 돌아가면 유명한 기획사에도 보내 줄게."

나는 휴대폰을 꺼냈다. 방수팩에 넣어 둔 것이 천만다행이었다. 전화도 안 터지고 인터넷도 안 됐지만 카메라는 정상적으로 작동됐다. 여분으로 챙겨 둔 배터리도 넉넉했다.

"알았어."

야디는 후다닥 뛰어갔다가 다시 후다닥 뛰어왔다. 손에는 이상한 악기를 들고 있었다.

피리 두 개를 붙여 놓은 것 같은 악기였다. 부는 구멍도 두 개였다.

"젬마라라고 하는 거야. 말그레브 족의 전통 악기인데 소리가 참 맑고 슬퍼."

야디가 젬마라를 불었다.

처음 들어 보는 음색이었다. 노을 진 하늘과 불어오는 바람과 흔들리는 나무와 풀들이 그 소리에 맞춰 천천히 몸을 흔드는 것 같았다.

"이건 내가 만든 노래인데 꼭 젬마라로 연주를 해 줘야 해. 왜냐하면

이 노래는 우리의 평화를 바라는 노래니까."

내가 동영상을 켜자 야디는 젬마라를 불기 시작했다. 전주가 끝나자 야디가 랩을 하기 시작했다. 작은 몸 어디에서 그런 소리가 나오는지 목소리에 힘이 있었다.

야디의 노래도 깜짝 놀랄 만큼 아름다웠다. 늘 듣던 아이돌 가수의 노래와는 뭔가 달랐다. 뭐라고 말할 수 없는 청아한 목소리에선 맑은 슬픔 같은 것이 느껴졌다.

"나 춤도 출 줄 알아."

야디는 래퍼처럼 손을 흔들며 춤을 추기 시작했다.

흑인들은 타고난 리듬감이 있는 걸까?

야디의 춤은 훌륭했다.

"대단하네, 야디!"

"헤헷."

야디는 신이 나서 한참 더 춤을 추며 노래를 불렀고 나는 열심히 동영상으로 찍었다.

찍으면서도 야디의 말이 계속 머릿속에 맴돌았다.

하얀 자루에 담긴 내용물이 맘에 안 들어서 총을 쐈다고? 정말 그게 이유라면 루카야말로 미친 게 아닐까? 설마, 그게 정말 이유일까?

내가 누워 있는 곳은 루카네 집이 아니라 헛간이었다는 사실을 알게 되었다. 루카네 진짜 집은 헛간 옆에 붙어 있는 진흙 벽돌집이었다.

밤이 되자 진흙 벽돌집에서 외마디 비명 소리가 들렸다. 야디의 말대로 스카 형이 악몽을 꾸면서 소리를 지르는 것이었다.

그 소리가 하도 기괴해서 나도 한참을 뒤척이다가 겨우 잠이 들었다.

이른 아침, 스카 형이 언제 그랬냐는 듯 풀밭 마당에서 카포에라 연습을 하고 있었다. 나는 헛간에서 나와 스카 형에게 갔다.

"스카 형이라고 불러도 돼?"

"응."

스카 형은 땅을 짚고 옆으로 돌면서 발차기 연습을 했다. 발끝이 나뭇잎 밑을 스치고 지나갔다. 열매에는 발끝도 닿지 않았다.

왜 번번이 열매를 못 맞추고 실패하는 걸까? 저런 실력으로 액션 배우가 되고 싶다고?

좀 어처구니가 없었다. 그리고 보니 카포에라라는 무술도 별거 아닌 것 같았다.

"내가 태권도 가르쳐 줄까?"

"태권도?"

"응. 난 유치원 때부터 태권도장을 다녔어. 이래 봬도 검은 띠야."

나는 태권도 품새를 슬쩍 보여 주었다.

태권도장에서 시범을 보일 때 나는 항상 제일 앞줄에 섰다. 관장님도 내 실력을 인정해 주었다. 그뿐이 아니다. 엄마와 뉴욕에 살던 때는 미국 아이들도 내 태권도 실력에 손가락을 들어 주었다.

"품새 말고 대련!"

스카 형이 팔짱을 끼고 서서 말했다.

"대련?"

"왜? 무서워?"

스카 형의 웃음에 나는 살짝 자존심이 상했다.

"아직 몸이 아프지만 안 봐줄 거야."

"안 봐줘도 돼. 형이 살살해 줄게."

스카 형이 진짜 액션 스타처럼 폼을 잡았다. 목소리도 낮게 깔고 고개도 약간 삐딱하게 기울였다. 나는 자세를 잡고 빈틈을 노렸다. 너무 빈틈이 많아서 어처구니가 없었다.

"이얍!"

나는 재빨리 달려들며 발차기 공격을 했다. 내려 찍기를 하려는 순간 스카 형이 뒤로 슬쩍 빠지면서 땅을 짚고 발차기를 했다. 순간, 스카 형의 눈빛이 완전히 다른 사람으로 변했다. 마치 악귀 같은 무서운 눈빛이었다.

"악!"

찰나의 순간 번갯불이 번쩍 튀었다.

가슴을 맞은 나는 그대로 나동그라져 뻗고 말았다. 숨이 콱 막혔고 온몸에 전율이 일었다.

"미, 미안!"

"켁켁……."

"수오, 괜찮아?"

"커억……."

나는 가슴을 움켜쥐고 거칠게 숨을 몰아쉬었다.

스카 형의 눈동자가 붉게 변했다. 털썩 무릎을 꿇고 주저앉은 스카 형은 넋 나간 사람처럼 부르르 떨었다.

"왜, 왜 그래?"

"……."

"스카 형?"

스카 형은 괴로워하고 있었다.

이번엔 내가 당황했다. 아프긴 했지만 죽을 정도는 아니었다.

"왜 그래?"

"난…… 살짝 건드리기만 하려고 했어. 하지만 나도 모르게 때리고 말았어."

"그게 뭐, 대련을 하다 보면 그럴 수도 있는 거지."

"카포에라는 사람을 죽일 수 있는 무술이야. 액션 배우가 진짜 사람을 때리면 안 되거든. 근데 아까 순간적으로 나는 내가 아닌 것 같았어. 멈추려고 했지만 완전히 멈춰지지 않았어. 제대로 맞았으면 넌……."

"죽기라도 했어?"

"그래."

스카 형은 그대로 주저앉아 머리를 감싸고 한참 동안 꼼짝도 않았다. 정말로 괴로워하고 있는 것 같았다.

"괜찮다니까."

"난…… 어쩌면 정말 살인 기계가 된 건지도 몰라."

"!"

한참 후에 스카 형이 좀 진정이 된 것 같아 보였을 때 내가 물었다.

"스카 형."

"?"

"형도 구호 물품 자루에 뭔가 다른 게 들었으면 좋겠어?"

내 질문에 스카 형은 한 번도 생각해 본 적이 없었다는 듯 가만히 있다가 뭔가 떠오른 것처럼 입가에 미소가 스쳤다.

"응."

"뭐가 들었으면 좋겠는데?"

"평화."

나는 의외의 대답에 깜짝 놀랐다.

"내가 소년병에 끌려가기 전…… 그러니까 아홉 살 때의 행복했던 어린 시절이 들어 있었으면 좋겠어."

스카 형은 그렇게 말하고 멋쩍게 웃었다.

"그리고 이왕이면 하늘에서 툭툭 던져 주지 말고 곱게, 구호 물품이라하지 말고 정중하게 빼앗아 간 걸 되돌려 드립니다, 그렇게 말하면서 주면 좋겠어."

스카 형은 그렇게 말하고 다시 침묵했다.

왠지 나는 숙연해졌다.

루카는 흙벽돌집 안에 앉아 영어 잡지를 펴 놓고 가위로 사진을 오려내고 있었다. 가까이 가서 보니 어른들이 보는 야한 잡지였다.

"루카!"

루카는 내게 들키고도 태연하게 오려 낸 사진을 옆에 있는 쓰레기통으로 던졌다.

"다 봤어."

"뭘?"

"사진."

"사진 보려고 오린 게 아냐. 이쪽의 글을 보는데 방해돼서 오려 낸 거야."

"에이, 뭘. 나도 다 이해해. 우린 남자잖아? 여긴 인터넷도 컴퓨터도 없으니까 야한 거 보고 싶어도 못 보겠지. 괜찮아. 못 본 걸로 해 줄게."

나는 루카의 등을 툭툭 쳤다.

루카는 내 손을 치우며 조금도 웃지 않는 얼굴로 말했다.

"내가 총을 쏜 이유는 알아냈어?"

"응, 알아냈어."

"뭔데?"

"구호 물품이 마음에 들지 않았던 거야. 솔직히 좀 많이 놀랐어. 당황스럽기도 하고. 하지만 어쩌면 그럴 수도 있다는 생각이 들었어. 루카, 네가 원하는 건 뭐야?"

루카는 딱히 내 말이 맞다고 생각하는 것 같진 않았다. 놀라거나 실망하는 기색이 조금도 없었다.

"하늘 울타리."

"?"

"수케르, 아니 아프리카 전체를 통틀어서 하늘 높이 올라간 울타리가 있으면 좋겠어. 아무도 함부로 못 들어오게. 아무것도 함부로 못 가져가게."

총을 멘 루카의 입에서 나온 말 치고는 너무 낭만적이었다.

"왜? 말도 안 되는 상상이라고 생각해?"

"당연한 거 아냐?"

루카는 눈앞에 펼쳐 놓은 잡지를 보며 다시 내게 말했다.

"도서관이 있으면 좋겠어."

"도서관?"

"문학, 철학, 역사, 법률, 정치, 시사 잡지나 영자 신문. 무엇보다 필요한 건 인터넷과 노트북. 그리고 프로그램을 배울 수 있는 전문적인 책들 말이야."

"공부가 그렇게 좋아? 그럼 구호 단체에 부탁해서 공부할 수 있게 해 달라고 하면……."

"물론 우린 도서관이 필요해. 하지만 그게 총을 쏜 이유의 전부는 아냐."

루카는 자리에서 일어나 선반 위에 놓인 나무로 만든 가면을 꺼내 썼다. 얼핏 봐도 무서운 가면이었다. 특히 눈이 거슴츠레한 것이 분위기가 아주 묘했다.

"이 가면이 눈을 뜬 것 같아? 아니면 눈을 감은 것 같아?"

"잘 모르겠는데."

"이건 우리 말그레브 족의 전통 가면이야. 여기엔 전설이 있어."

"전설?"

"아주 먼 옛날에 말그레브 마을에 신출귀몰한 도둑이 나타났어. 도둑은 흔적도 없이 마을의 소중한 보물들을 훔쳐 갔지. 발자국도 남기지 않고 동에 번쩍 서에 번쩍했어. 얼마나 신출귀몰한지 마을 사람들은 도둑을 맞고도 도둑이 들었다는 사실조차 몰랐어. 한마디로 모두가 바보 같았지. 이를 딱하게 여긴 주술사 굴렘이 눈이 커다란 가면을 만들어 주었어. 그 가면을 쓰자 마을 사람들은 눈이 번쩍 떠졌어. 그제야 비로소 도둑이 보이기 시작한 거지. 마을 사람들은 자기 집 담을 넘어와 소중한 것을 훔쳐 가는 도둑을 잡았어. 하지만 세월이 흐르자 마을 사람들은 또 눈이 어두워졌어. 그래서 굴렘은 다시 가면을 만들었어. 그 가면이 바로 이거야. 반쯤 눈을 뜬 가면. 이게 뭘 의미하는지 알겠어?"

"눈을 똑바로 뜨고 도둑맞지 마라?"

"그래."

"그 얘기를 왜 지금 하는데?"

"그러니까 넌 결국 알아내지 못한 거야. 내가 총을 쏜 진짜 이유를!"

나는 답답해서 미칠 것 같았다. 그러자 루카가 정색을 하고 물었다.

"넌 휴먼 엔젤이 우리를 도와주러 왔다고 생각해?"

"당연하지."

"아니. 그들은 우리에게 훔쳐 간 걸 아주 조금씩 되돌려 주고 있는 거야."

"뭐?"

"우리가 고마워해야 할 이유가 없다고!"

"답답해 죽겠네! 빙빙 돌리지 말고 직접 말해 봐! 총을 쏜 이유가 뭐냐고!"

내가 버럭 화를 내자 루카는 정색을 하고 나를 노려보았다.

"내 말 잘 들어."

루카의 표정이 진지해 나는 아무 말도 못하고 고개를 끄덕했다.

"우리 수케르에는 다이아몬드 광산이 있어. 거기에 묻혀 있는 다이아몬드만 있으면 우리는 천년만년 풍요롭게 잘살 수 있어. 근데 도둑들이 들어와 다이아몬드를 훔쳐 가는 거야. 대통령은 도둑을 막기는커녕 도둑과 한통속이 되어서 자기 배만 불리고, 그걸 못마땅하게 여긴 사람들은 반군이 되었어. 그래서 여긴 내전이 끊이지 않는 땅이 되었어. 덕분에 우린 가난하고 병들고 비참해졌지. 도둑맞은 건 다이아몬드뿐만이 아냐. 우린 내전으로 가족을 잃었고, 가난해졌고, 아무런 꿈도 꿀 수 없게 되었어."

"!"

"그런데 비행기가 한 대 날아와서 구호 물품이랍시고 뭔가를 떨어뜨려 줘. 우린 거지처럼 그걸 얻어먹겠다고 난리를 쳐. 다이아몬드를 도둑맞고 통조림 하나에 환장을 하는 거야. 난, 그게 너무 화가 나!"

"!"

"우릴 가만히 놔두면 우리가 알아서 잘살 수 있는데 한쪽에선 훔쳐 가고 한쪽에선 도와준다는 거야. 이게 무슨 헛소리냔 말이야. 우린 그냥 가만 내버려 두면 된다고! 빼앗지 않으면 도와줄 필요도 없어!"

루카의 말이 가슴을 울렸다. 동시에 엄마가 에붑 대통령을 만나서 하려던 일까지 떠오르자 나는 그만 숨이 탁 막혔다.

만약 루카가 그 사실을 알면 나를 가만두지 않을 것 같았다.

"하, 하지만 구호 물품을 주는 사람들은 도둑이 아니라 다른 사람이잖아!"

"그럼 제대로 돕든가!"

"제대로?"

"도둑질을 못 하게 막으면 되잖아. 그게 정말로 돕는 거야!"

"!"

나는 할 말이 없었다.

루카가 원하는 건 동정이 아니라 정의였다.

탈출

"쿨럭쿨럭!"

매캐한 연기 때문에 기침을 하다가 잠에서 깼다.

주술사 말렘 할아버지가 연기가 뭉게뭉게 피어나는 나뭇가지를 들고 내 몸을 훑고 있었다.

"말렘 할아버지, 루카가 이건 아무 효과가 없다고 했잖아요?"

"에헴, 루카 녀석은 똑똑하지만 너무 전통을 무시하는 경향이 있어."

"네에?"

"수오라고 했나?"

"네."

"비행기에서 떨어진 네가 이 정도로 멀쩡한 이유가 뭘까? 루카가 먹인

알약들 때문이라고 생각하니?"

"그럼, 아니란 말이에요?"

"약도 효과는 있었겠지만 이 마법의 연기가 아니었다면 넌 시름시름 앓다가 죽었을 거야."

"고작 한두 번인데요?"

"네가 잘 때마다 몰래 와서 약초도 발라 주었는데 넌 자느라 몰랐지."

말렘 할아버지는 손에 든 나뭇가지의 연기가 잦아들자 휙휙 허공에 휘저어 완전히 불을 껐다. 그리고 마당으로 나갔다.

마당엔 말렘 할아버지가 타고 온 오토바이가 있었다. 녹슨 고철 덩어리를 이어 붙인 것 같은 흉측한 몰골의 오토바이였다.

"진짜 오래된 것 같은데요? 2차 대전 때 독일군이 타던 거 아니에요?"

"이래 봬도 시속 육십 킬로미터는 너끈하게 달려."

"툭 치면 와르르 부서질 것 같은데요?"

"스카의 솜씨를 의심하는 게냐?"

"스카 형요?"

"응. 이건 스카 녀석이 조립해 준 거야. 처음엔 고물상에서 엔진을 주워 왔지. 그리고 장장 삼 년에 걸쳐 부품을 하나하나 모아 조립해 준 거야. 스카는 용접도 할 줄 아는걸. 껄껄껄."

"그런 걸 어디서 배웠대요?"

"외국인 자원 봉사자들이 만든 소년병 재활 프로그램이라는 게 있어. 아마 거기서 배웠을 게다."

말렘 할아버지는 오토바이에 앉더니 호주머니에서 검은 안경을 꺼내 썼다. 부러진 다리를 철사 줄로 묶은 선글라스였다.

"그럼, 난 간다."

"잠깐만요!"

나는 재빨리 주위의 눈치를 살피고 말렘 할아버지의 오토바이 뒤에 올라탔다.

"절 엄마가 있는 호텔로 데려다 주세요."

"뭐라고?"

"제발 부탁이에요. 여기 계속 있다가는 전 죽을 거예요."

"넌 의외로 여기 생활에 잘 적응하는 것 같은데?"

"억지로 버티고 있는 거예요."

"좀 더 버텨 보지?"

"절 데려다 주면 엄마가 보상을 해 주실 거예요."

"보상 같은 걸 바라고 움직이는 사람은 아니다만 오래간만에 아르바이트 좀 해 볼까?"

말렘 할아버지가 뒤에 타라고 했다.

나는 재빨리 오토바이 뒤에 앉았다. 말렘 할아버지가 엉덩이를 들고 펄쩍 뛰듯이 페달을 밟으며 시동을 걸었다. 드럼통을 망치로 두들겨 깨는 듯 요란한 소리가 나고 검은 연기가 펑, 펑, 펑 났다. 몇 번이나 같은 동작을 반복하다가 겨우 시동이 걸리자 오토바이가 달리기 시작했다.

나는 말렘 할아버지의 등을 꽉 끌어안았다. 앙상한 갈비뼈가 만져지고 돌처럼 단단한 근육이 잡혔다.

오토바이는 점점 속력을 냈다. 비포장도로는 울퉁불퉁해서 오토바이가 텅텅 튕겼다. 웅덩이를 피하느라 지그재그로 달렸다. 어지럽고 속이 메슥거렸다. 할아버지의 배를 잡은 손에 힘이 잔뜩 들어갔다.

한참 달리다가 깊이 팬 웅덩이를 통과할 때였다. 나는 그만 오토바이에서 튕겨 나가 고꾸라지고 말았다.

"이 녀석아, 넌 떨어지는 게 전공이냐? 비행기에서도 떨어지고 오토바이에서도 떨어지고."

"길이 엉망이라 그렇잖아요!"

나는 투덜대며 다시 오토바이에 올라탔다.

에붑 대통령이 떠올랐다. 도로와 병원을 만들어 주겠다는 제안보다는 자기 개인 계좌로 돈을 넣어 준다는 제안을 더 좋아했던 에붑 대통령. 이렇게 울퉁불퉁한 흙길을 달려 보니 에붑 대통령이 얼마나 나쁜 사람인지 더 확실히 알 것 같았다.

"꽉 잡아, 잘못 떨어지면 목 부러진다!"

말렘 할아버지가 소리치며 다시 속도를 냈다.

길가 양쪽으로 드문드문 집이 보였다. 집이라고 하기엔 민망할 정도로 엉성한 집이었다. 대충 나뭇가지를 얹고 넝마로 벽을 쳐서 만든 텐트 비슷한 것이었다.

그 집을 중심으로 어린아이들이 보였다. 위에만 옷을 대충 걸친 아이, 완전히 벌거벗은 아이, 그리고 늙은 할머니들.

너무 굶어 배가 빵빵하게 부풀어 오른 아이, 손가락을 빨고 있는 아이, 할머니 품에 안겨 축 늘어져 있는 아이도 있었다.

"도대체 애는 언제 낳는데요?"

"뭐라고?"

"가난해서 먹을 것도, 입을 것도 없다면서 언제 애는 만들었냐고요. 보기만 해도 내가 다 창피해요."

"그럼 넌 가난하면 애도 낳으면 안 된다는 거냐?"

"한심하고 멍청하잖아요! 책임감도 없고. 아무리 배가 고파도 성욕은 철철 넘친다는 건가요?"

"그렇게 함부로 말하지 마라."

"사실이잖아요?"

"누구나 어쩔 수 없는 사정이라는 게 있어. 네 입장에서만 생각하지 말란 말이다."

말렘 할아버지는 뭔가 더 말을 하려다 말고 아까보다 오토바이 속도를 더 높였다.

얼마쯤 가다 말렘 할아버지가 오토바이를 멈췄다. 블랙 다이아몬드 호텔이 있는 시내만큼은 아니지만 작은 시장이 있는 동네였다.

시장이라고 해 봐야 호박, 옥수수 따위를 몇 무더기 얹어 놓고 하루 종일 손님을 기다리고 있는 노인들 몇 명이 전부였다.

옆에는 거지 같은 몰골의 아이들이 바닥에 모여 자고 있었다. 딱히 할 일이 없으니까, 많이 움직이면 배가 고프니까 그냥 길바닥에 누워서 자고 있는 것 같았다.

"잠깐 들를 데가 있다. 여기서 기다려라."

말렘 할아버지는 나를 내려놓고 후다닥 어디론가 가 버렸다.

"어? 어?"

내가 붙잡을 새도 없이 말렘 할아버지는 시장 모퉁이로 사라졌다.

혼자 남겨진 나는 오토바이 옆에 쪼그려 앉았다. 정말 한심한 나라라는 생각이 들었다.

그때였다.

바닥에 누워 있던 한 아이와 눈이 마주쳤다. 아이가 옆의 아이를 깨웠다. 아이들은 슬슬 몸을 일으키더니 나를 쳐다봤다.

낯선 동양 아이가 신기했던 것일까?

아니었다. 그 애들이 슬슬 일어나더니 나를 향해 다가왔다. 정확히는 내가 입고 있는 옷과 신발을 향해 다가오는 것이었다.

나는 뒤로 주춤주춤 물러섰지만 순식간에 그 애들이 나를 덮쳤다.

"어? 어? 왜 이래? 저리 가!"

그 애들은 우악스럽게 내 팔과 다리를 붙잡더니 신발을 벗기고 옷까지 홀딱 벗겼다.

"무슨 짓들이냐?"

말렘 할아버지가 소리치며 달려오자 그 애들은 사방으로 달아났다.

"어디 갔다 왔어요?"

나는 옷을 빼앗기고 발가벗겨진 채 수치스러움에 몸을 떨었다.

"하하하, 이게 무슨 꼴이냐?"

"열 받아 죽겠는데 웃음이 나와요?"

"왜? 억울하냐?"

"억울하죠!"

"분하냐?"

"분해요!"

"수치스럽냐?"

"당연하죠!"

"껄껄껄."

말렘 할아버지는 마구 웃어 댔다. 과할 정도로 허리까지 젖혀 가며 웃었다. 그 웃음이 뭔가 수상쩍었다.

"왜 웃어요?"

"옷을 빼앗긴 놈이 잘못이냐? 옷을 빼앗은 놈이 잘못이냐?"

"그야 당연히 빼앗은 놈이죠."

"그렇지? 그런데 내가 옷을 빼앗긴 널더러 한심하다, 야만스럽다, 흉물스럽다, 변태냐, 바보 같다 놀리면 기분 좋겠냐?"

"!"

말렘 할아버지는 내게 진지한 얼굴로 묻고 있었다.

뭔가 느낌이 이상했다.

말렘 할아버지의 뒤쪽으로 내 옷을 빼앗아 간 녀석들이 슬금슬금 다가오고 있었다. 그 애들은 말렘 할아버지와 눈짓을 주고받더니 빼앗은 내 옷을 슬그머니 내려놓고 키득거리며 물러갔다.

"말렘 할아버지가 시킨 거예요?"

"그래."

"왜, 왜요?"

"어떠냐? 넌 옷만 빼앗겼다고 생각하겠지만 사실은 옷만 빼앗긴 게 아니지? 옷을 빼앗긴 순간 넌 대낮에 벌거벗고 시장에 돌아다니는 이상한 녀석이 된 거야"

나는 그제야 말렘 할아버지가 내게 왜 그랬는지 알 것 같았다.

다시, 얼마쯤 달렸을까?

콰콰쾅—.

저 멀리 앞쪽에서 폭발음이 들렸다. 검은 구름과 붉은 구름이 뒤엉킨 하늘 저편에서 대포 소리가 요란했다.

조금 더 달리자 총소리 같은 것이 들렸다. 총소리는 우리가 달릴수록 멀어졌다 가까워졌다 했다. 여기저기서 사람들의 비명 소리도 들리는 것 같았다. 사방에서 검은 연기가 치솟았다.

말렘 할아버지가 브레이크를 잡으며 오토바이를 멈췄다. 나는 말렘 할아버지 등에 코를 박았다. 길 앞쪽에서 많은 사람들이 허둥대며 이쪽으로 몰려오고 있었다. 모두 두려움으로 가득한 얼굴이었다. 손을 잡고 뛰던 아이가 넘어지자 아줌마는 아이를 번쩍 안고 허둥대며 걸어갔다. 보따리를 든 노인과 가방을 든 청년들도 있었다.

"말렘 할아버지! 지금 무슨 일이 일어난 거죠?"

내가 묻자 말렘 할아버지가 오토바이에 매달아 둔 작은 가방에서 소형 라디오를 꺼냈다. 주파수를 맞추려고 이리저리 다이얼을 돌릴 때마다 잡음이 났다.

잠시 후, 말렘 할아버지가 라디오를 귀에 바짝 댔다. 표정이 점점 싸늘

해졌다.

나는 불안해졌다.

"무슨 일이에요? 네?"

"또 내전이야. 우리 마을부터 저 앞의 마을까지 다시 반군이 점령했다."

"그, 그럼 어떻게 되는데요?"

"호텔 쪽으로 가는 길목이 완전히 봉쇄됐다는 뜻이다."

"네?"

나는 돌덩이로 가슴을 맞은 것 같았다.

말렘 할아버지는 오토바이의 방향을 돌렸다.

"그래도 가는 데까지 가 봐요!"

"안 돼."

"제발!"

"너무 위험해."

말렘 할아버지가 다시 속도를 높였다.

"이 지역은 옛날부터 그래 왔다. 한번은 정부군이 점령하고 한번은 반군이 점령하고. 그렇게 서로 피 튀기게 싸우면서 땅의 주인이 바뀌었지. 그때마다 많은 사람들이 죽었고."

뒤쪽에서 요란한 흙먼지를 일으키며 커다란 트럭들이 달려왔다. 나와 말렘 할아버지는 오토바이를 길옆으로 비켜 세웠다.

몇 대의 트럭이 웅웅거리며 지나갔다. 울퉁불퉁한 길 웅덩이에 트럭이 덜컹 하면서 튕겼다. 트럭 뒤 칸을 잠근 걸쇠가 빠지면서 짐칸 칸막이가 밑으로 툭 떨어졌다. 동시에 트럭 안에 산더미처럼 쌓여 있던 정부군 시체가 보였다. 시체 한 구가 미끄러지며 바닥으로 떨어졌다.

"으악!"

나는 소스라치게 놀랐다.

참혹한 얼굴이었다.

말렘이 내 입을 틀어막으며 트럭 위의 반군 눈치를 살폈다. 창문 밖으로 몸을 걸치고 내다보는 반군의 얼굴이 보였다. 얼굴에 흉터가 무시무시했다. 그가 우리를 무섭게 쏘아보았다.

트럭이 멈추더니 조수석에서 반군 둘이 뛰어내렸다. 길바닥에 떨어진 정부군 시체를 다시 짐칸으로 던져 올리더니 트럭은 다시 출발했다.

나는 길옆으로 기어가며 엎드려 토하기 시작했다. 눈은 시뻘겋게 충혈되고 목구멍에서 신물이 넘어 왔다. 말렘 할아버지가 등을 두들겨 주었다. 내 몸은 사시나무 떨리듯 떨렸다. 다리에 힘이 풀리고 두려움이 밀려 왔다. 방금 전에 본 시체도 무서웠지만 이제 꼼짝없이 갇혔다는 사실이 더 두려웠다.

카카오의 꿈

"오빠들, 밥 먹어!"

야디가 플라스틱 바가지에 밥을 퍼서 스카 형과 루카에게 나눠 주었다. 그리고 내게도 한 그릇을 건네주었다.

나는 밥이 든 바가지를 받아 들었지만 여전히 먹을 엄두가 나지 않았다. 트럭에서 떨어진 시체가 자꾸 떠올랐다. 이젠 꼼짝없이 갇혔다는 생각에 척추가 짓눌리는 듯 심장이 오그라들었다.

루카네 형제들은 숟가락도 없이 맨손으로 밥을 먹었다. 그릇을 보기만 해도 구역질이 났다.

야디는 그런 나를 보다가 갑자기 생각난 듯 안으로 뛰어 들어가서 뭔가를 갖고 나왔다. 야디는 내 밥그릇에 고춧가루 비슷한 가루를 뿌려 주었다. 그리고 정체를 알 수 없는 기름도 조금 부어 주었다. 이젠 먹을 만하지 않느냐는 듯 나를 바라봤다. 나는 멋쩍게 웃었다. 먹을 수 없기는 마찬가지였다. 오히려 더 비위가 상했다.

루카가 밥 먹기를 멈추고 남은 밥을 원래의 솥단지에 부었다. 스카 형도 야디도 똑같이 남은 밥을 솥단지에 부었다.

처음엔 다들 밥맛이 없어서 그런 줄 알았는데 그게 아니었다. 언제 쌀이 떨어질지 몰라 아껴 먹느라 그런 거였다.

그동안 지켜본 바에 의하면 루카네는 쌀이 있을 때보다 없을 때가 더 많았다. 대충 하루에 한 끼를 먹을 때도 있고 못 먹을 때도 있었다.

나는 야디가 그릇을 치우는 동안 주머니에 숨겨 둔 초콜릿을 꺼내 야금야금 먹었다. 이제는 정말 아껴 먹지 않으면 안 됐다. 이게 떨어지면 어쩔 수 없이 저 밥을 먹어야만 한다.

쏴아아아 —.

소나기가 퍼부었다.

쌀이 떨어진 지 오래라 다들 굶고 있을 때였다. 루카와 스카 형의 얼굴에 화색이 돌았다.

루카와 스카 형은 창문처럼 생긴 네모난 나무틀과 삽을 챙겨 들었다.

비가 그치자 루카와 스카 형은 마을 뒤쪽에 흙탕물 웅덩이가 있는 곳으로 갔다.

삽으로 진흙을 퍼서 대충 덩어리를 만든 다음 나무틀에 넣었다. 위를 평평하게 다듬고 삽으로 물을 떠서 뿌려 주었다. 그런 다음 나무틀을 빼냈다. 그렇게 하면 벽돌 하나가 만들어지는 것이었다.

루카와 스카 형은 하루 종일 열심히 삽질을 하고 진흙을 날라 벽돌을 만들었다. 그대로 며칠 말린 후에 팔면 쌀을 살 수 있다고 했다.

야디도 벽돌 만들기를 도우려고 했지만 야디가 들 수 있는 크기가 아니었다. 야디는 끙끙거리며 진흙을 나르려고 했지만 루카는 오히려 방해가 된다며 구경만 하라고 했다.

벽돌 만들기가 끝난 후 루카는 학교에 갔다. 나도 학교에 따라가 보았다. 학교는 지붕이 날아가고 벽만 남아 있는 교회 건물이었다. 정부군이 점령했을 땐 교회로, 반군이 점령했을 땐 이슬람 사원으로 썼던 건물이라고 했다. 남아 있는 벽에는 총알 자국이 벌집처럼 나 있었다.

교실은 텅 비어 있었다. 선생님도 없고 학생도 없는 학교였다.

"아무도 없는 학교엔 뭐 하러 오는 거야?"

"학교가 없어지면 안 되니까."

루카는 지나가는 꼬마를 불러서 선생님처럼 영어를 가르쳤다.

너덜너덜해진 영어 교재에는 기본적인 영어 단어와 그림이 있었다. 꼬맹이는 멍청한 얼굴로 루카의 말을 들으며 영어 단어를 따라 했다. 그러다 갑자기 그 애가 노란 물을 토했다. 루카는 꼬맹이를 닦아 주었다.

"루카, 네가 구호 물품을 안 받으려는 이유는 알겠는데 그래도 받아야 하는 거 아냐?"

루카는 아무 대답이 없었다.

"화살이 심장으로 날아오는데 일단 피해야 하는 거 아니냐고?"

"아니. 난 화살 쏜 놈의 목을 물어뜯을 거야."

루카는 그렇게 말하고 입을 다물었다.

학교에서 돌아오는 길에 루카는 물이 불어난 강에서 낚시를 했다. 물고기는 중요한 식량이었다. 루카는 고기를 제법 잘 낚았다. 야디도 그랬다. 하지만 스카 형은 낚시를 싫어했다.

"난 피가 싫어."

스카 형은 물고기라도 피를 보면 속이 울렁거린다고 했다. 스카 형은 떠올리고 싶지 않은 기억들이 떠오르는 게 제일 힘든 것 같았다.

흐르는 강물을 보고 있으면 평화로웠다. 자연 앞에서 인간의 문제는 다 시시한 것처럼 보였다. 하지만 그건 잠시뿐이었다. 현실은 변하지 않았다.

나는 문득 한국에서 했던 고민들이 얼마나 행복한 고민이었는지 새삼 느껴졌다.

야디는 지붕 위에 올라가 노을을 바라보며 혼자 노래를 부르곤 했다. 이제는 아무도 쓰지 않는 MP3 플레이어에 이어폰을 꽂은 채 노래를 따라 부르고 있었다. 나는 내 휴대폰에 들어 있는 노래를 야디에게 들려주었다.

"와!"

야디는 황홀해했다.

나는 손동작으로 기타 치는 시늉을 했다. 야디가 나를 물끄러미 보다가 물었다.

"오빠도 기타 있어?"

"응."

"좋겠다."

"사 줄까?"

"진짜?"

야디의 눈이 커다랗게 변했다.

"오빠를 호텔로 데려다 주면 기타 사 줄게."

"점령군이 막아서 호텔 쪽으론 못 가."

"그건 나도 알아. 하지만 넌 다른 길을 알고 있을 것 같은데?"

"다른 길?"

"정글을 통해서 가는 비밀 통로 같은 거…… . 알고 있지 않아?"

야디가 눈을 반짝였다.

내가 재촉하자 고개를 끄덕였다. 정글쯤은 손바닥처럼 보고 있다는 뜻이었다.

"기타 사 주기로 한 약속 진짜지?"

"약속해."

"알았어. 하지만 난 내일부터 카카오 농장에서 일하기로 했는데…… ."

"카카오 농장?"

"응. 오빠들은 벽돌도 만들고 뭐라도 하는데 나도 뭔가 해야지."

"하지만 넌 아직 어리잖아."

"내 키가 이만큼만 크면 와서 일해도 된다고 했어. 이 마을 애들은 다 이만큼만 키가 크면 농장에 가서 일해."

야디가 허공에 손을 대고 말했다.

"그럼 루카는?"

"루카 오빠도 카카오 농장에서 일했었어. 지금은 짤려서 못 가지만."

"짤려?"

"응. 루카 오빠가 농장 주인한테 너무 많이 대들고 따지니까 다시는 못 오게 했어."

"루카답네."

"그럼 농장에 갔다가 일 끝나고 와서 밤에 출발하면 어때?"

"알았어."

야디가 다시 새끼손가락을 내밀었다. 나는 단단히 손가락을 걸었다.

야디는 이른 새벽에 일어나 농장으로 갔다.

아홉 살밖에 안 된 아이가 농장에 일을 하러 간다는 게 뭔가 잘못됐다는 생각이 들었지만 그렇다고 내가 뭘 어떻게 할 수 있는 건 아니었다. 루카의 말대로 여긴 아프리카였다.

새벽 어스름을 뚫고 폴짝폴짝 뛰어가는 야디의 뒷모습을 나는 오랫동안 바라보았다.

그날 저녁 해가 질 때까지 야디는 농장에서 돌아오지 않았다.

"야디가 왜 하루 종일 안 보이지?"

루카와 스카 형이 야디를 찾는 것을 보고 나는 뭔가 잘못됐다는 걸 느꼈다.

"카카오 농장에 간다고 했는데?"

"뭐?"

둘이 소스라치게 놀랐다.

"왜?"

"가지 말라고 했는데…… 말을 안 듣고!"

루카가 발끈 화를 냈다.

"오빠들은 일을 하는데 자기는 아무 도움이 안 된다고 걱정했어."

루카가 인상을 찡그렸다.

"농장 아이들은 보통 달이 하늘 꼭대기에 걸릴 때까지 일해. 일이 많으면 밤을 새고 새벽에야 끝나는 날도 많아."

스카 형의 말에 나는 다시 한 번 놀랐다.

야디가 아무렇지도 않게 말하기에 그냥 그런가 보다 했었다. 하지만 둘의 반응을 보니 그리 만만한 곳이 아니었던 것이다.

내 가슴께밖에 안 오는 어린 야디가 농장에서 일하고 있는 모습을 상상했다. 그 작은 손으로 무슨 일을 얼마나 할 수 있을까 싶어 괜히 마음이 안쓰러웠다.

야디에 대한 걱정을 지우며 나는 이곳을 떠날 준비를 했다. 배낭을 꼼꼼히 챙기고 내가 누웠던 자리와 헛간 그리고 루카의 집 안 곳곳을 휴대폰 카메라로 찍었다.

자정이 훨씬 넘었지만 야디는 돌아오지 않았다. 나는 뒤척이다 깜빡 잠이 들고 말았다.

새벽녘이었다.

밖에서 오토바이 소리가 들렸다. 불빛이 번쩍였다. 알아들을 수 없는 거친 목소리가 들리고 뭔가 집어던지는 소리가 났다.

나는 벌떡 일어나 밖으로 나갔다. 오토바이는 벌써 저만치 사라지고 마당엔 야디가 쓰러져 있었다.

"야디!"

나는 소스라치게 놀랐다. 야디가 바닥에 새우처럼 웅크린 채 신음하고 있었다.

"루카! 스카 형!"

나는 소리쳤다.

불이 켜지고 루카와 스카 형이 뛰어나왔다. 둘은 야디에게 달려들었다. 야디의 손에 아무렇게나 붕대가 친친 감겨 있었다. 붕대는 피가 말라 붙어 있었다. 나는 너무 무섭고 끔찍해서 고개를 돌렸다.

"새끼손가락이 없어."

스카 형이 말했다.

"뭐?"

내가 고개를 휙 돌리자 스카 형이 이를 악물며 말했다.

"농장 일이 처음인 애한테 밤새 일을 시키면서 칼 쓰는 법도 제대로 안 가르쳐 준 거야."

"그럼 칼에 베였다는 거야?"

"밤새 일을 하다 졸았겠지. 그러다 아차 하는 순간에 베였을 거야."

야디는 아파서 죽을 것 같은 고통을 악착같이 참고 있었다. 신음 소리도 내지 않으려고 안간힘을 썼다.

"빨리 병원에 데려가지 않고 뭐해?"

내가 소리쳤다.

"반경 백 킬로미터 안에는 병원이 없어."

루카가 돌을 발로 걷어찼다.

"!"

순간 에붑 대통령의 웃음소리가 들리는 듯했다. 병원을 지어 준다는 제안보다 개인 계좌로 돈을 넣어 준다는 말에 입이 찢어지게 좋아했던 그의 두툼한 입술이 옆에서 웃고 있는 것 같았다.

"그럼 어떡해?"

"업혀!"

스카 형이 등을 내밀었다.

"어떡하려고?"

"정부군 점령지로 넘어가면 보건소가 있어."

"거기 가도 어차피 수술은 못 해!"

루카가 고개를 저었다.

"그래도 가 봐야지. 이렇게 피를 흘리면 야디가 죽을지도 몰라!"

스카 형이 버럭 고함을 지르자 루카는 할 수 없다는 듯 야디를 안아 일으켜 스카 형의 등에 업혔다.

스카 형이 뛰기 시작했다. 루카는 야디가 떨어지지 않게 뒤에서 받치고 뛰었다.

정부군 지역으로 넘어간다면 나도 따라가야만 했다.

"나도 같이 가!"

마을을 벗어나 정글로 들어서자 길은 점점 험해졌다. 그래도 루카와 스카 형은 어둠을 뚫고 쏜살같이 달렸다. 나는 토할 것처럼 숨이 찼지만 놓치지 않으려고 악착같이 달렸다.

밤새 달은 저편으로 기울고 새벽이 가까워지고 있었다.

탕탕탕 —.

총성이 울렸다.

스카 형과 루카가 납작 엎드렸다. 수풀에 몸을 숨긴 채 앞을 살폈다.

반군 서너 명이 민간인을 세워 놓고 총을 쐈다. 민간인 사살이었다. 아직 숨이 남아 있는 민간인을 향해 총을 다시 한 번 쏘기까지 했다. 나는 너무 놀라 딸꾹질이 나왔다.

"거기 누구야?"

미처 피할 틈도 없이 앞뒤에서 반군들이 들이닥쳐 우리를 포위했다.

"정부군의 스파이로군."

"아, 아니에요!"

루카와 내가 동시에 소리쳤다.

"쏴 버려!"

맨 뒤에 있던 반군 대장이 말했다.

달빛에 얼굴의 흉터가 보였다. 며칠 전 트럭에서 보았던 얼굴이었다.

반군이 우리를 향해 총을 겨눴다.

"쿠와메! 저예요!"

스카 형이 갑자기 소리를 쳤다.

흉터가 있는 반군 대장이 고개를 돌렸다. 천천히 스카 형에게 다가오던 쿠와메의 입가에 미소가 번졌다.

"스카!"

쿠와메가 스카 형을 덥석 안고 등을 두들기며 반가워했다.

"스카! 언젠간 널 다시 만나게 될 줄 알았다. 하하핫."

쿠와메가 반가워하는 것과 달리 스카 형은 몹시 불편한 기색이었다.

잠시 후, 우리는 쿠와메의 반군 캠프에 들어가 있었다. 쿠와메가 양철 컵에 뜨거운 차를 주었다. 야디는 눕혀진 채 말라붙은 입술을 파르르 떨고 있었다. 핏기가 없는 얼굴이었다. 루카는 열심히 야디의 몸을 문질러 체온을 유지하려고 애쓰고 있었다.

"걱정 마라. 카카오 농장은 곧 우리가 접수할 거야. 아이들을 학대한 농장주도 처단할 거야. 정부군에 빌붙어 선량한 아이들의 피를 빠는 놈들은 모조리 용서하지 않을 테다."

쿠와메가 불꽃처럼 이글거리는 눈빛으로 말했다. 스카 형은 고개를 숙인 채 앉아 있었다.

"걱정 마. 난 널 좋아해. 널 키운 게 바로 나 아니냐."

"야디를 병원으로 데려가게 해 주세요."

스카 형이 말했다.

"아무리 급해도 정부군 점령지로 보내 줄 순 없다. 대신 이걸 주마."

쿠와메가 둘둘 말린 필통 같은 것을 내밀었다. 펼치자 그 안에 주사기가 여러 개 들어 있었다.

"모르핀이야. 전투 중에 입은 부상을 견딜 수 있게 해 주지. 손목이 잘

리거나 다리가 날아가도 이 모르핀 한 방이면 웃을 수 있다."

"그래 봐야 마약이잖아요."

루카가 말했다.

쿠와메가 루카를 노려보았다. 스카 형은 루카에게 눈짓을 했다. 루카는 못마땅하지만 참을 수밖에 없다는 듯 야디의 몸이 식지 않도록 계속 문질렀다.

"비켜."

쿠와메가 모르핀 주사를 야디의 어깨에 콱 찔렀다. 주사기를 누르자 약이 야디의 몸속으로 들어갔다.

얼마 지나지 않아 야디의 신음 소리가 조용해졌다. 통증으로 힘겨워하던 야디의 표정도 평화로워졌다.

"그나저나 저 녀석은 뭐냐?"

쿠와메가 나를 노려보았다. 이 자리에 낯선 동양인은 어울리지 않던 것이다.

"휴먼 엔젤이에요. 구호 물자를 날라 주던 비행기에서 추락했어요."

루카가 대신 대답해 주었다.

쿠와메는 나를 의심이 가득한 눈빛으로 쏘아보다가 깊이 생각하고 싶지 않은 듯 고개를 돌렸다.

"스카, 잊지 마라. 에붑 대통령은 우리의 자원을 빼돌려 자기 배만 불리는 탐욕스런 돼지다."

"네."

"놈은 우리의 미래를 망치고 있다."

"네."

"우리는 반드시 놈을 처단한다. 너도 그 일에 다시 동참해야 하지 않겠니?"

"……네."

스카 형이 고개를 끄덕였지만 뭔가 내키지 않는 표정이었다. 쿠와메는 그런 스카 형의 속을 꿰뚫어 보는 듯 묘한 표정을 짓고 있었다.

쿠와메는 모르핀 주사와 항생제 같은 약을 많이 챙겨 주었다.

"이제 돌아가라."

우리는 야디를 업고 돌아설 수밖에 없었다. 뒤에서 쿠와메가 큰 소리로 말했다.

"스카, 또 보자!"

우리는 루카의 집으로 돌아올 수밖에 없었다. 야디는 모르핀을 맞아서 편안한 상태가 되었다. 하지만 일정한 시간이 지나면 다시 고통스럽게 데굴데굴 굴렀다. 그때마다 모르핀 주사를 놓아야만 했다.

주술사 말렘 할아버지가 약초 같은 것을 들고 와서 돌로 찧은 다음 상처에 대고 싸매 주었다. 야디는 한결 더 편안해진 것 같았다.

랄랄라~

랄랄라~

깊은 밤에 노랫소리가 들려 잠에서 깼다.

야디가 혼자 빙글빙글 돌면서 춤을 추고 있었다. 노래를 부르고 관객의 박수와 환호에 답하는 시늉을 했다. 야디는 틀어놓은 수도꼭지처럼 웃음을 흘렸다. 모르핀 때문에 환각에 빠진 것 같았다. 말렘 할아버지의 약초도 일종의 마약 성분이 들어간 환각제라고 했다.

환각 상태에서 야디는 가수처럼 춤을 추고 노래를 불렀다. 그 순간만큼은 야디도 행복해 보였다. 그런 야디가 불쌍했지만 누구도 지켜보는 것 말고는 달리 야디를 도와줄 수 없었다.

깊은 밤 스카 형이 발밑에 총을 놓고 머리를 감싸 쥔 채 괴로워하고 있었다.

"왜 그래?"

"……."

"괜찮아?"

"난 나하고 약속했어. 다시는 사람에게 총을 쏘지 않겠다고. 근데 야디를 생각하면 카카오 농장 주인을 절대 용서할 수 없어."

"그럼 가서 실컷 패 주든가."

내가 말했다.

"그런다고 뭐가 달라질까? 카카오 농장은 많아. 백인 주인들은 다 똑같고."

"그럼 내버려 둬."

"하지만 야디를 생각하면 가만있을 수가 없어. 난 야디의 오빠잖아?"

루카가 다가왔다.

"스카 형 말이 맞아. 카카오 농장 주인 하나 혼내 준다고 달라지는 건 없어. 우리에게 필요한 건 사소한 복수가 아니라 우리의 미래를 한꺼번에 바꾸는 거야."

"미래를 바꿔? 어, 어떻게?"

"그 방법을 찾는 게 내가 하는 일이야. 난 반드시 그렇게 만들 거야."

루카의 말에 스카 형은 눈을 질끈 감았다. 루카가 스카 형의 어깨를 감싸 안았다.

"스카 형, 야디도 그런 식의 복수를 원하진 않을 거야."

야디는 지붕 위에 앉아 있었다. 붕대를 친친 감은 자기 손가락을 보고 있었다. 내가 옆으로 다가가 앉자 야디가 방긋 웃었다.

"손가락이 자라고 있어."

"뭐?"

"새끼손가락이 막 자라나. 나뭇가지처럼 자라나. 잎사귀도 생겼어."

야디의 손가락은 피떡이 진 더러운 붕대로 감겨 있었다. 하지만 야디의 눈은 정말로 자라나는 손가락을 보고 있는 것 같았다.

"실은 엄청 걱정했었어. 손가락이 없어서 기타를 못 치게 될까 봐."

야디는 웃고 있다가 다시 울먹였다. 슬픈 눈동자로 나를 보며 굵은 눈물을 주르륵 흘렸다.

"왜 울어?"

"내가 맞은 주사가 마약이라며?"

"그런데?"

"그럼 난 가수 못 하잖아! 가수가 마약을 하면 안 되는 거잖아?"

야디의 어깨가 축 늘어졌다.

나는 어떡하든 위로하고 싶었지만 할 수 있는 말이 없었다.

나는 주머니에 숨겨 둔 초콜릿을 꺼냈다. 지금은 아깝다는 생각이 조금도 들지 않았다.

"이거 먹을래? 초콜릿이라고 하는 건데…… 네가 딴 카카오로 만든 거야. 먹어 봐."

야디는 내가 준 초콜릿을 먹어 보고 엄청 놀란 표정이 되었다.

"와, 맛있다."

나는 야디가 초콜릿 한 개를 다 먹을 때까지 아무 말도 하지 못했다. 상처가 하루라도 빨리 아물어서 모르핀 주사를 맞지 않고도 괜찮아지기만을 바라고 또 바랐다.

밀렵

야디의 손은 곪지 않고 서서히 아물어 가고 있었다. 하지만 강력한 마약성 진통제인 모르핀 때문에 정신 나간 아이처럼 굴곤 했다.

스카 형이 나무 밑에 앉아 있었다. 쿠와메를 만난 이후 스카 형은 어딘가 고민이 많아진 것 같았다. 밤에 악몽을 꾸고 비명을 지르는 일이 더 많아졌다.

나는 스카 형에게 다가가 옆에 앉았다.

"스카 형이 날 좀 도와주면 안 돼?"

"뭘?"

"반군하고도 잘 아는 사이 같던데? 날 엄마가 있는 곳으로 보내 주면 안 돼?"

"친한 거 아냐. 그리고 모든 초소에 쿠와메가 있는 것도 아니고. 너도 봤잖아? 잘못 걸리면 그 자리에서 총에 맞아 죽을 수도 있어."

"마주치면 형이 때려눕히면 되잖아."

스카 형이 나를 휙 돌아봤다. 나는 스카 형의 카포에라 흉내를 냈다.

"소년병의 영웅이었다며?"

"다시는 그 말 꺼내지 마!"

스카 형이 벌컥 화를 냈다.

내가 건드려선 안 될 기억을 잘못 건드린 것 같았다.

"미안."

"그 얘긴 그만하자. 내전은 하루아침에 끝나지 않아. 다시 정부군이 점령할 때가 올 거야. 그때 돌아가."

"하지만 형은 총보다 빠르잖아."

"뭐?"

"난 형이 액션 배우가 되면 총을 쏘거나 사람을 죽이지 않고 맨손으로 악당을 처치하는 영웅이 되면 좋겠어. 지금 그걸 연습해 보는 거야. 어때?"

스카 형이 희미하게 웃었다.

나는 더 적극적으로 스카 형을 설득하기로 했다.

"날 도와주면 선물을 줄게. 형이 좋아하는 액션 영화 수백 편이 들어 있는 외장 하드. 어때?"

스카 형의 눈빛이 번뜩였다.

"마지막으로 본 영화가 뭐야?"

"람보 쓰리."

"헉, 그건 이십 년도 더 된 영화잖아? 내 외장 하드에는 엄청나게 재밌는 액션 영화가 잔뜩 들었어."

"진짜?"

"진짜!"

스카 형이 솔깃한 것 같았다.

나는 컴퓨터가 있어야 볼 수 있다는 말은 하지 않았다. 어쨌든 지금은 스카 형의 도움을 받는 게 중요했다. 나는 벌떡 일어나 스카 형의 팔뚝을 잡아당겼다. 스카 형이 홀린 듯 일어났다.

그때였다.

"스카 형, 지금 이러고 있을 때가 아냐."

루카가 달려왔다. 거칠게 숨을 몰아쉬고 있었지만 눈빛도 말도 침착했다.

"왜?"

"밀렵꾼들이 반군 점령지를 벗어나지 못해 정글을 헤매고 있어."

더 말할 것도 없이 서로 눈빛을 주고받은 스카 형이 루카와 함께 뛰어가기 시작했다. 나는 둘을 따라가며 소리쳤다.

"뭔지 몰라도 나 먼저 보내 주고 해결하면 안 돼? 루카! 스카 형!"

정글 깊숙한 곳에 컨테이너 박스 트럭과 지프차 한 대가 숨겨져 있었다. 지프차 옆에는 백인 네 명과 흑인 안내원 한 명이 있었다. 모닥불을 피워 놓고 차를 끓여 마시며 뭔가 의논을 하는 것 같았다.

루카와 스카 형은 나무 뒤에 숨어서 그들을 지켜보았다.

"정부군에게 뇌물을 주고 밀렵을 하다가 반군이 이 지역을 점령하니까 못 빠져나가고 갇혀 버린 거야."

루카가 그들을 주시하며 낮은 목소리로 말했다.

스카 형이 몸을 낮추고 재빨리 움직이기 시작했다. 소변을 보려고 무리에서 나온 백인 한 명의 뒤로 살금살금 다가간 스카 형은 전광석화처럼 달려들어 단숨에 급소를 쳐서 기절시켰다.

뭔가 수상쩍은 소리를 들은 백인 한 명이 총을 거머쥐고 일어났다.

"거기 무슨 일이야?"

백인이 총을 들고 주변을 살피며 다가오다가 바닥에 쓰러져 있는 자기 동료를 보고 놀라는 순간, 나무 위에서 스카 형이 뛰어내렸다. 총을 든 백인은 비명을 지를 새도 없이 제압당했다. 이어서 루카가 남은 백인 두 명을 향해 걸어갔다. 흠칫 놀란 백인이 총을 들자 다른 한 명이 손으로 저지했다. 루카가 어린애라 안심한 것 같았다.

"코끼리 밀렵꾼이죠?"

루카가 말했다.

"그래서 뭐?"

"불법인 건 알죠?"

백인이 가소롭다는 듯 피식 웃었다.

스카 형이 뒤에서 살금살금 다가왔다. 땅을 짚고 공중제비를 돌며 두 발을 펼쳐 한꺼번에 둘을 쓰러뜨렸다.

밀렵꾼을 안내하던 흑인이 벌벌 떨었다.

"다시는 이런 짓 하지 마."

루카가 가라는 손짓을 하자 흑인은 허겁지겁 달아났다.

루카는 지프차로 갔다. 차 지붕에는 위성 안테나가 붙어 있고 차 안에는 노트북이 있었다.

"위성을 이용해서 코끼리를 찾아내고 단속반도 피하는 거야."

루카는 노트북의 상태를 살피며 중얼거리다가 인상을 썼다.

"젠장, 망가졌어."

루카는 노트북을 챙기고 위성 안테나도 떼어 냈다. 아쉬운 대로 망가진 거라도 고쳐 써 보겠다는 것 같았다.

"훔치는 거야?"

"이게 훔치는 걸로 보여?"

루카가 나에게 뭔가 보여 주겠다는 듯 성난 표정으로 트럭으로 걸어갔다. 그리고 총을 들어 자물쇠를 겨누어 쐈다. 자물쇠가 부서지고 루카가 컨테이너 박스를 열자 그 안에 산더미처럼 쌓여 있는 상아가 드러났다.

"상아 밀렵꾼이 이 정도 상아를 모으려면 코끼리를 몇 마리나 죽였을 거라고 생각해?"

아무 말도 못 한 채 나는 밀렵꾼의 총에 맞은 코끼리가 피를 흘리며 쓰러지는 모습을 떠올렸다.

컨테이너 박스 안에는 작은 상아도 있었다. 그건 아기 코끼리도 희생되었다는 것을 뜻했다.

"너도 공범이야."

루카가 내게 말했다.

"뭐?"

"밀렵꾼들이 설치는 이유는 상아를 비싼 값으로 팔 수 있기 때문이지. 상아 하나에 몇 천만 원씩이나 하니까. 상아의 가격을 그렇게 비싸게 만든 건 중국과 한국이야."

"……."

"자, 그럼 코끼리를 죽이고 상아를 잘라낸 이들이 도둑일까? 아니면 밀렵을 못 하게 장비를 빼앗는 내가 도둑일까?"

나는 할 말이 없었다.

그사이 스카 형은 밀렵꾼들을 포박했다.

잠시 정신을 잃었던 밀렵꾼들이 하나둘 깨어났다.

"젠장! 방심하다가 꼬맹이들한테 당했군. 좋아, 너희들 중에 누가 대장이냐?"

밀렵꾼 대장이 루카에게 물었다. 루카가 그를 노려보았다.

"너냐? 우릴 어쩔 셈이냐? 단속반에 신고라도 할 테냐?"

"아뇨."

"그래? 잘 생각했다. 우릴 풀어 주면 돈을 주마. 얼마면 되겠냐?"

"돈은 필요 없고 일대일 맞교환을 원해요."

"뭐?"

"코끼리 한 마리와 아저씨 한 사람의 목숨이에요."

밀렵꾼의 얼굴에 당황한 기색이 보였다.

"당돌한 녀석이군. 좋아, 우리 이렇게 하자. 반군이 묻어 놓은 지뢰를 피해 갈 수 있는 길을 알려 준다면 상아를 판 값의 절반을 주마."

"지뢰요?"

"우리가 길을 몰라 헤매고 있을 것 같으냐? 반군이 정부군 지역으로 넘어가지 못하게 곳곳에 지뢰를 묻어 놨기 때문이야."

밀렵꾼들이 루카를 바라보았다. 거액의 돈으로 유혹하는데 안 넘어갈 재간이 있냐고 생각하는 것 같았다.

루카는 생각에 잠겼다가 입을 열었다.

"싫어요!"

"뭐야?"

"역시 맞교환이 맞아요. 하지만 살인을 하고 싶지는 않아요."

"?"

"스카 형, 저 밀렵꾼들의 이빨을 뽑아 버려. 상아 개수만큼!"

밀렵꾼들이 소스라치게 놀랐다.

"코끼리가 당한 것처럼 똑같이 당해 보라고요! 아무렇지도 않게 코끼리한테는 그렇게 했잖아요?"

"도, 돈을 더 주마! 제발!"

루카는 정말로 이빨을 뽑으려고 하는 게 아닌 것 같았다. 밀렵꾼들이 겁을 먹고 공포에 떨게 하려는 것 같았다.

스카 형이 트럭의 뒤 칸을 열더니 인상을 찌푸리며 소리쳤다.

"루카, 이것 좀 봐. 상아 밀렵만 한 게 아냐."

"뭐?"

"이 안에 끔찍한 것들이 잔뜩 들어 있어. 사자 발목부터 악어 가죽까지. 야생 동물을 말린 고기들이 잔뜩 쌓였어."

루카의 눈동자가 다시 분노로 이글거렸다.

"스카 형, 트럭을 계곡으로 가져가서 장례를 치러 줘."

스카 형이 고개를 끄덕이더니 트럭에 올라탔다. 우렁찬 엔진 소리를
내며 트럭이 저편으로 사라졌다.

"우, 우리는?"

밀렵꾼들이 이제는 목숨만 살려 달라는 표정으로 루카를 바라봤다.

루카는 밀렵꾼들의 주머니를 뒤져 여권을 꺼내 챙겼다. 그런 다음 밀
렵꾼들을 데리고 더 깊은 정글 속으로 갔다.

"당신들의 운명은 정글이 결정할 거예요. 단속반에 걸리든, 지뢰를 밟
든. 운이 좋아 살아난다고 해도 다시는 이런 짓을 하지 않기를 바라요."

루카는 그렇게 말하고 돌아섰다.

뒤에서 밧줄에 묶인 밀렵꾼들이 비명을 지르고 괴성을 질렀다. 욕도
들렸다. 그 소리가 작아질 만큼 그들로부터 멀리 떨어져 걸어왔을 때 내
가 물었다.

"루카, 여권은 왜 챙긴 거야?"

"난 언젠가 네덜란드에 가야 하거든. 그러려면 여권이 필요해."

"네 것이 아니잖아."

"사진을 바꿔야지."

"네덜란드에는 왜?"

"거기에 국제사법 재판소가 있어. 거기 가서 할 일이 있어."

"무슨?"

"아프리카의 자원을 훔쳐 가는 백인들을 고소할 거야."

"!"

계곡에서 트럭을 밀어 버리고 온 스카 형이 저만치에서 손을 흔들었다. 루카는 스카 형에게 걸어가 손뼉을 마주쳤다.

내 눈에는 루카와 스카 형이 마치 정의로운 형제 의적단 같아 보였다.

"가자."

스카 형이 앞장섰다.

"스카 형, 그쪽은 집으로 돌아가는 길이잖아? 날 호텔로 데려다 줘."

"아까 얘기 못 들었어? 반군이 지뢰를 잔뜩 묻어 놨다고 하잖아. 지뢰는 나도 어쩔 수 없어. 걸어가다가 쾅, 터지면 어떡할래?"

신을 바꿔!

마을 입구에 들어서자 앞쪽 너른 길목에 사람들이 웅성거리며 모여 있었다. 성난 군중 같았다. 우리는 그쪽으로 걸음을 빨리했다.

"야디는 자기 몸을 굴려 우리 부족의 명예까지 더럽혔다!"

"돌로 쳐라!"

"쳐라!"

마을 원주민들은 돌을 움켜쥔 손을 치켜든 채 고함을 지르고 있었다. 고개를 치켜들고 목젖을 떨며 이상한 소리를 내기도 했다. 어떤 이는 두 발로 땅을 구르며 눈알을 부라렸다.

"야디! 무슨 일이야?"

우리는 성난 군중 틈을 비집고 들어갔다.

야디가 가운데 주저앉아 떨고 있었다. 겁에 질린 커다란 눈에 눈물이 맺혀 있었다. 야디의 얼굴에는 상처가 났고, 입술이 터졌고, 옷은 찢겨지고 흙투성이였다.

"무, 무슨 일이야? 야디? 왜 이래?"

루카가 야디의 어깨를 잡고 물었다.

야디는 울먹이고만 있었다.

"야디는 다른 부족의 남자들에게 끌려갔다 왔다. 우리 부족의 명예를 더럽혔다. 용서할 수 없다. 돌로 쳐 죽여야 한다!"

원주민들의 목소리가 더욱 높아졌다. 당장이라도 돌을 던질 기세였다.

"비켜라!"

"비켜라!"

성난 군중이 소리쳤다.

"야디, 말을 해 봐, 무슨 일이 있었던 거야? 정말 끌려갔었어?"

루카와 스카 형 그리고 나도 야디를 다그쳐 물었다. 야디는 훌쩍이며 겨우 입을 열었다.

"계, 계곡에서 발을 헛디뎌서 굴렀어."

"계곡? 거긴 왜 갔는데?"

"수오 오빠…… 돌아갈 길을 찾아 주려고…… 분명히 아는 길이었는데…… 길이 달라졌어. 그래서 다른 길을 찾아 주려다가…… 발을 헛디뎠어."

야디의 말을 듣는 순간 나는 가슴이 철렁 내려앉았다.

"바보야, 지금 거기 가면 안 돼. 반군이 지뢰까지 묻어 놨단 말이야!

죽고 싶어 환장했어?"

루카가 버럭 화를 냈다.

"하지만 수오 오빠랑…… 약속했단 말이야. 돌아갈 길을 찾아 준다고……."

나는 심장이 쿵 떨어지는 것 같았다.

불쌍한 야디, 가엾은 야디, 나를 위해서 약속을 지키려고 이렇게 됐구나, 어떡하지?

갑자기 돌멩이 하나가 날아왔다. 루카가 야디를 끌어안았다. 스카 형이 주먹을 쥐고 돌아섰다. 나는 루카와 함께 야디를 몸으로 막아섰다.

"그만둬요!"

자잘한 돌이 계속 날아왔다.

"비켜라, 안 비키면 너희들 모두 돌에 맞아 죽을지도 몰라!"

성난 원주민이 소리쳤다.

"야디는 다른 부족에 끌려갔던 게 아니에요. 여자로서 몸을 더럽힌 게 아니라고요! 계곡에서 굴렀을 뿐이에요! 설사 끌려갔다 해도 야디를 지켜 줘야지 돌로 치다니 이게 무슨 짓이에요? 제발 그만해요!"

나는 감정이 복받쳐 올라 나도 모르게 크게 소리쳤다.

휙—.

휙—.

휙—.

돌들이 날아왔다.

"제발 그만둬! 멈추지 않으면 전부 다 가만두지 않겠어!"

스카 형이 튕겨 나가 맨 앞줄에 있는 원주민 남자의 멱살을 잡고 주먹을 치켜들었다.

"아니라잖아!"

스카 형의 뒤를 이어 이번엔 루카가 나섰다.

"다들 비겁해요! 우리의 명예를 제일 많이 더럽힌 건 에붑 대통령이잖아요!"

"뭐야?"

"에붑 대통령이나 정부군에게는 꼼짝도 못 하면서 힘없는 야디에게만 센 척하고 있는 게 부끄럽지도 않아요?"

성난 원주민 남자가 앞으로 나섰다.

"루카, 신의 명령을 거역할 셈이냐?"

"힘없는 여자아이를 돌로 쳐 죽이라고 명령하는 신이라면 난 안 믿어요!"

"뭐야?"

원주민들이 파도처럼 웅성거렸다.

"언제부터 우리가 그런 신을 믿었죠? 우리가 원래부터 믿었던 신은 따로 있다고요!"

루카는 목에 핏줄이 섰다. 두 눈은 분노와 안타까움으로 번뜩였다.

"루카의 말이 맞아!"

성난 군중들 틈 사이를 비집고 한 남자가 나타났다.

키가 거의 2미터나 되는 남자였다. 희끗한 머리와 수염, 농구공도 한 손에 잡을 수 있을 것 같은 커다란 손으로 한쪽 어깨에 자루를 메고 있었다.

"아, 아빠!"

루카와 스카 형이 동시에 그 남자를 아빠라고 불렀다.

마을 사람들도 움찔했다. 루카 아빠의 눈치를 보며 약간 뒤로 물러서
는 분위기였다.

"말그레브 마을의 족장인 나 탓당헤헤가 볼 때 말이야, 너희들은 신을
믿는 게 아냐. 너희들이 성난 이유는 단지 배가 고파서지."

"!"

"내가 제안 하나 할까?"

"?"

"너희들 모두에게 일자리를 주겠다. 지금 다이아몬드 광산은 일손이
부족해. 내가 석 달이나 집에 못 온 이유도 그것 때문이지."

성난 군중들이 동요하기 시작했다. 수군거리는 소리들이 들렸다. 그러
나 아까의 성난 분위기와는 뭔가 달랐다.

"일자리를 주겠다고요?"

"임금도 더 올려 달라고 할 거야. 터무니없이 적거든."

"하지만 광산은 위험해요. 전에도 갱도가 무너지는 사고가 났었
고⋯⋯."

"물론 광산이 안전한 일터는 아니지. 툭하면 갱도가 무너지곤 해. 하
지만 내가 너희들의 안전을 책임지겠다."

"그래도 만약 사고가 나면?"

"내가 약속한다. 아무도 다치게 하지 않겠다."

"정말 약속하는 겁니까?"

성난 군중을 선동하던 남자가 물었다.

"물론이다."

군중들의 태도가 조금 달라졌다. 마음이 돌아선 것 같았다.

루카의 아빠가 말했다.

"단, 조건이 있다. 너희들의 엉터리 신을 버려라!"

루카의 아빠, 탓당헤헤가 냉엄한 표정으로 다시 입을 열었다.

"우리 부족의 명예를 더럽힌 건 야디가 아니라 바로 너희들이야. 배가 고파서 화가 난다고 신을 핑계 삼아 힘없는 여자아이를 죽이려고 한 너희들 말이다."

"······."

"선택해라, 밥이냐? 종교냐?"

툭.

툭.

툭.

여기저기서 돌멩이를 떨어뜨리는 소리가 들렸다. 성난 군중은 금방 잠잠한 파도처럼 스르르 흩어졌다.

집에 돌아온 루카의 아빠는 옥수수 죽을 잔뜩 끓여 익힌 감자와 함께 배부르게 식사를 했다. 모두가 모처럼 맛있는 식사를 했다. 루카는 아빠에게 내가 여기 있게 된 이유를 설명해 주었다. 루카 아빠는 고개를 끄덕이며 가끔씩 나를 한번 쳐다봤다.

식사를 마친 후 루카 아빠는 야디를 힘껏 안아 주었다. 그리고 뺨에 뽀뽀를 여러 번 했다. 야디는 아빠를 끌어안고 한참 동안 울었다.

루카 아빠는 배가 부르자 곯아떨어졌다. 코 고는 소리가 엄청나게 컸다. 그대로 한 달쯤은 잠에서 깨어나지 않을 것 같은 분위기였다. 야디도 긴장이 풀렸는지 잠에 곯아떨어졌다.

루카는 밀렵꾼들의 차에서 떼어 온 노트북을 살피고 있었다.

나는 루카에게 물었다.

"마을 사람들이 진짜 신을 바꿀까?"

"아니."

"?"

"아빠 말이 맞아. 그들은 애초에 신을 믿은 게 아냐. 다들 배가 고파서 화가 나 있었을 뿐이지. 먹여 주는 곳이라면 교회든 사원이든 절이든 어디든 갈 거야. 그러니 믿지도 않는 신을 어떻게 바꾸겠어."

루카는 노트북 화면을 뚫어지게 보며 말했다.

"루카, 넌 아빠한테 왜 그렇게 시큰둥해? 아빠를 별로 안 좋아하는 것 같아."

"하는 일이 마음에 안 드니까."

"왜?"

"광산 일이라는 건 결국 다이아몬드 도둑을 돕는 거야."

"그럼 훔쳐 가지 못하게 하면 되잖아?"

"당연히 그렇게 해야지. 하지만 에봅 대통령이 그 일에 가장 앞장서고 있다는 게 문제지. 우리가 불만을 얘기하면 감옥으로 끌고 가."

에붑 대통령을 설득하던 엄마의 얼굴이 떠올랐다. 에붑 대통령 이전에 다른 대통령도 엄마가 했던 것처럼 누군가의 은밀한 제안을 받고 말도 안 되는 일을 허락해 주었을지 모른다.

"만약, 내가 대통령이라면 외국 회사들이 서로 경쟁하게 할 거야. 학교나 병원을 많이 지어 주겠다는 회사를 고를 거야. 도로를 만들어 주고, 공장을 지어 주고, 기술을 전수해 주는 회사 말이야. 월급도 더 많이 주는 회사. 그런 회사에게 광산 개발의 기회를 줄 거야."

루카는 그렇게 말하고 입을 다물었다.

다음 날 아침, 루카의 아빠는 약속한 대로 마을 사람들 수십 명을 데리고 광산으로 떠났다. 우리는 루카 아빠를 향해 손을 흔들었다. 그러나 루카는 묵묵히 서서 바라보기만 할 뿐 손을 흔들지 않았다.

다이아몬드 광산

"수오 오빠, 사진 하나만 찍어 줘."

야디가 내 소매를 잡아끌었다.

야디의 손가락은 많이 아물었지만 아직도 붕대를 감고 있었다. 나는 야디가 불쌍해서 잘 쳐다보지도 못하는데 야디는 아무렇지도 않은 듯 항상 웃고 있어서 더 마음이 아팠다.

"사진?"

"응. 스카 오빠는 제대로 된 사진이 하나도 없어. 이런 것밖에."

야디가 낡은 사진 한 장을 내밀었다.

말라깽이 흑인 아이의 사진이었다. 앙상한 몸에 갈비뼈가 튀어나오고 넓적한 콧구멍에 튜브를 꽂고 있었다. 커다란 눈망울은 금방이라도 눈물이 굴러떨어질 것처럼 슬퍼 보였다. 아프리카 아이들을 돕자는 모금 광고를 보면 늘 나오는 그런 사진이었다.

"스카 오빠 어릴 때 사진이야."

"이 아이가 스카 형이라고?"

나는 깜짝 놀랐다. 사진 속의 아이가 지금의 스카 형이라고는 상상도 할 수 없었다.

"구호 성금 포스터를 만들 때 제일 불쌍해 보이는 아이를 찾았는데 스카 오빠가 뽑힌 거래. 실제보다 더 불쌍하게 보여야 한다고 일부러 더 슬픈 표정을 지으라고 했대."

액션 배우를 꿈꾸는 스카 형이 태어나서 제일 처음 한 연기는 어처구니없게도 불쌍한 아프리카 아이 연기였다. 사진을 보니 스카 형은 무슨 일이 있어도 꼭 할리우드 액션 배우가 되어야 할 것만 같았다.

"스카 형, 포즈를 잘 취해 봐."

나는 휴대폰 카메라를 들고 섰다.

스카 형은 어색해하면서도 미리 연습을 했던 것처럼 이런저런 포즈를 취했다.

"나중에 스카 오빠가 나오는 영화에 내가 노래를 부르면 좋겠다."

"영화 음악은 감독이 결정하는 거야. 네 맘대로 되겠냐?"

스카 형은 그렇게 말하면서도 생각만으로도 좋은지 실실 웃었다.

"걱정 마. 루카 오빠가 있으니까!"

"루카?"

"응. 루카 오빠는 나중에 엄청 유명해질 거야. 돈도 엄청나게 많이 벌

거야. 루카 오빠는 세상에서 제일 똑똑하니까! 스카 오빠가 주인공으로 나오는 영화도 만들어 줄걸?"

야디는 신나게 조잘댔다. 통증 때문에 먹고 있는 약 때문인지 기분이 붕 떠 있는 것 같았다.

찰칵―.

찰칵―.

스카 형은 진짜 액션 배우처럼 멋있게 발차기를 하고 나는 열심히 그 모습을 찍었다.

루카는 밀렵꾼에게서 뺏은 노트북을 매일 만지고 들여다보았다. 하지만 혼자서는 뭘 어떻게 해야 하는지 막막해하는 것 같았다. 루카는 끙끙거리다가 제 풀에 화를 내곤 했다.

"루카, 다이아몬드 광산 사무실에 가면 인터넷이 되지 않을까?"

"?"

"네가 알고 싶은 건 인터넷에 다 나와 있을 거야. 검색만 하면 돼."

루카는 광산 사무실이 마땅치 않지만 인터넷이라는 말에 갈등하는 것 같았다.

"실은 나도 엄마에게 메일을 보내고 싶어. 지금이라도 내가 무사하다고 연락하지 않으면 엄만 쓰러질지도 몰라. 어쩌면…… 벌써 쓰러졌을지도 몰라."

루카는 고개를 끄덕였다. 하지만 여전히 두툼한 입술을 잘근잘근 깨물었다.

"도둑의 소굴에 가서 도둑들의 도움을 받으라고?"

루카는 노트북 화면을 바라보며 생각에 잠겼다. 화면에는 여러 가지 복잡한 글자들이 수수께끼처럼 떠 있었다.

"너 이걸로 뭔가 하고 싶은 게 있잖아. 근데 방법을 모르잖아. 정말로 알고 싶지 않아?"

"……."

"루카, 제발. 응?"

루카는 노트북 화면만 뚫어지게 바라보고 있었다. 혼자서는 도저히 해결할 수 없는 문제 앞에 놓인 아이처럼 절망적인 표정이었다.

우리는 광산으로 향했다.

안 되면 몰래 들어가서 인터넷을 쓰자는 내 말에 설득당한 것일까? 인터넷이 되는 곳에 가까이라도 가 보고 싶었던 것일까?

루카가 먼저 앞장섰고 나는 뒤따라갔다.

얼마나 갔을까?

숨을 헐떡이며 언덕을 올라가자 눈앞에 처음 보는 풍경이 펼쳐졌다.

마치 딴 세상에 온 것 같았다. 산은 온통 파헤쳐져 붉은 흙이었고 계곡에서 흘러내리는 물은 진흙탕이었다. 많은 흑인 일꾼들이 흙탕물에 발을 담근 채 체를 들고 사금을 캐는 것처럼 허리를 숙이고 있었다.

다시 곡선으로 이어진 급경사를 올라가자 사무실 건물이 보였다. 복도를 따라 들어가던 나와 루카는 사장실 앞에서 걸음을 멈췄다. 안에서 루카 아빠의 고함 소리가 터져 나왔다.

"하루에 열 시간을 일하고도 고작 일 달러라고요! 일 달러! 이게 말이 됩니까?"

열려진 문틈으로 책상 앞에서 격분하고 있는 루카 아빠의 모습이 보였다. 커다란 책상에는 의자를 비스듬히 돌려 앉은 노란 머리의 외국인이 보였다. 책상 위에 놓인 파비앙 사장이라는 명패가 보였다. 파비앙은 부드러운 미소를 짓고 있었지만 자기 생각을 굽힐 것 같지 않았다.

"하기 싫으면 그만두라고 해요. 일할 사람은 많으니까."

파비앙이 이제 그만 나가라고 손짓했다.

루카 아빠는 파비앙 사장을 노려보다가 두 손으로 쾅 책상을 쳤다.

"그럼 사장님이 다이아몬드 밀수에 관여하고 있다는 사실을 기자들에게 말해도 되겠습니까?"

"지금 날 협박하는 건가?"

"임금을 올려 달라는 겁니다."

파비앙 사장이 루카 아빠를 노려보았다. 루카 아빠도 눈을 부라리며 한발도 물러서지 않겠다는 듯 으르렁거렸다.

그때 밖에서 쾅 하는 폭발음이 들리고 바닥이 지진처럼 흔들렸다. 몇 초 후 전화기가 요란하게 울렸다.

"뭐야? 갱도가 무너져?"

전화를 받은 파비앙 사장이 벌떡 일어났다.

루카 아빠는 이런 일이 한두 번이 아니었다는 듯 사장을 노려보고는 후다닥 방에서 뛰쳐나왔다.

"아, 아빠!"

루카가 아빠를 불렀지만 루카 아빠는 제정신이 아닌 듯 허둥지둥 밖으로 달려갔다.

계곡을 따라 한참 올라가자 무너진 갱도 앞에 몇몇 직원들이 웅성거리고 있었다. 지하로 내려가는 입구에 루카 아빠가 참담한 표정으로 멈춰 섰다.

잠시 후, 파비앙 사장이 광산 내에서 사용하는 것 같은 작은 차를 타고 부하 직원과 함께 올라왔다.

"내가 말했잖습니까! 이대로 두면 갱도가 무너질지도 모른다고!"

루카 아빠가 파비앙 사장에게 소리쳤다.

"뭐하고 있어요? 시간이 없어요. 빨리 구조 장비를 가져와야 합니다."

루카 아빠는 파비앙 사장에게 말하고 무너진 갱도 틈으로 난 좁은 구멍으로 얼굴을 들이밀고 소리쳤다.

"곧 구하러 들어간다. 조금만 참고 기다려!"

그러나 분위기가 심상치 않았다. 파비앙 사장이 부하 직원들과 한쪽으로 비켜서서 얘기를 하고 있었다. 나는 뒤로 가서 슬쩍 엿들었다.

"안에 몇 명이 있지?"

"서른 명쯤 됩니다."

"흠."

파비앙 사장이 난감한 표정을 짓더니 양복 주머니에서 빗을 꺼내 머리를 빗기 시작했다. 그리고 나서 양복 단추를 채우고 손수건으로 구두에 쌓인 먼지를 닦았다.

"구조 비용이 훨씬 더 들겠군."

"네?"

"그대로 묻어."

나는 소스라치게 놀랐다. 내 귀를 의심했다. 하지만 잘못 들은 게 아니었다.

"그대로 묻으라니…… 그게 무슨 말입니까?"

루카 아빠가 파비앙 사장에게 달려들어 멱살을 잡았다. 파비앙 사장은 인상을 찌푸리며 말했다.

"고작 서른 명의 목숨을 구하려고 몇천 배의 돈을 쓸 수는 없네."

"고작이라고요?"

"그럼 뭐라고 할까?"

루카 아빠는 파비앙 사장의 멱살을 뿌리치듯 놓았다. 경멸과 혐오의 눈빛으로 파비앙 사장을 노려본 다음 무너진 갱도의 작은 구멍으로 달려들었다.

"안 돼요!"

몇몇 일꾼들이 잡았지만 루카 아빠는 그들을 뿌리치고 밧줄 하나를 허리에 묶은 채 갱도 안으로 들어갔다.

"아빠!"

루카가 구멍 안으로 들어간 아빠에게 달려갔다. 아빠가 루카를 향해 고개를 들었다.

루카가 애원하듯 말했다.

"가지 마."

"······."

"가지 마."

"루카, 아빠가 데려온 사람들이 저 아래서 죽어 가고 있다."

"하지만······."

"루카, 너도 들었잖니? 갱도에서 사고가 나면 내가 목숨을 걸고 지키겠다고······. 아빤, 약속을 지키는 사람이야."

"하지만······."

"루카, 야디와 스카를 부탁한다."

아빠는 루카의 손을 뿌리치고 밑으로 내려갔다.

루카는 더 이상 아빠를 잡지 못했다. 루카는 구멍 앞에 무릎을 꿇은 채 오열했다. 루카의 작은 몸이 폭발할 것 같았다.

나는 그사이를 틈타 사무실로 뛰어갔다. 지금이 아니면 엄마에게 소식을 전할 기회가 없을 것 같았다. 아니, 지금 일어난 이 무서운 일을 누군가에게 알려야 했다. 그 일을 할 수 있는 사람은 나밖에 없었다.

사무실은 비어 있었다. 나는 재빨리 컴퓨터 앞에 앉았다. 그리고 급하게 컴퓨터를 켜고 인터넷 접속을 확인한 후 메일을 쓰기 시작했다.

엄마!

난 무사해.

루카네 집에 머물고 있어. 처음엔 많이 아팠지만 지금은 좋아졌어.

하지만 반군 때문에 길이 막혀 못 가고 있어.

나도 열심히 돌아갈 방법을 찾고 있지만 그 전에 엄마가 먼저 데리러 와 주면 좋겠어.

참, 여긴 다이아몬드 광산 사무실이야. 조금 전에 무서운 일이 일어났어. 갱도가 무너지고 그 밑에 일꾼들이 서른 명이나 갇혔는데 파비앙 사장은 구조 비용이 더 많이 든다면서 그냥 묻어 버리라고 했어.

그래서 루카 아빠가 일꾼들을 구하러 혼자 뛰어 들어갔어.

엄마, 여긴 정말 무섭고 끔찍해.

빨리 돌아가고 싶어.

복도 쪽에서 구둣발 소리가 점점 가까이 들려왔다. 나는 서둘러 전송 버튼을 눌렀다. 동시에 파비앙 사장과 부하 직원이 들어왔다.

두 사람은 컴퓨터 앞에 앉아 있는 나를 보고 놀라는 눈치였다. 나는 벌떡 일어나 우물쭈물하다가 슬며시 사무실에서 나오려고 했다.

파비앙 사장이 내 앞을 가로막아 서며 물었다.

"넌 누구냐?"

"루, 루카의 친구예요."

"여기는 외부인 출입 금지다."

"알아요."

내가 은근슬쩍 나가려는데 부하 직원과 파비앙 사장이 내가 보낸 메일의 흔적을 보았다.

"메일을 보냈구나?"

"엄마한테 내가 무사하다는 걸 알려야 해서요. 아, 제가 비행기에서 떨어지는 바람에…… 그리고 반군이 마을을 점령하는 바람에…….

"열어 봐."

"네?"

"네가 보낸 메일을 열어 보란 말이다."

부하 직원이 나를 붙잡아 컴퓨터 앞에 앉혔다. 나는 마른침을 삼켰다. 심장이 터지는 것 같았다.

"왜 못 열지?"

"그, 그건……."

"역시 쓸데없는 얘길 했구나?"

'쓸데없는'이라는 말에 나는 발끈했다. 나는 발 빠르게 움직였고 앞으로 또 이런 일을 할 수 있을까 싶을 만큼 멋진 일을 해냈다.

"그게 왜 쓸데없는 얘기예요? 사람들을 구할 생각은 않고 그냥 묻으라고 했잖아요!"

내가 소리치자 파비앙 사장이 이놈 봐라? 하는 표정을 짓더니 내게 다가와 허리를 숙이고 눈을 맞췄다.

"너 아주 큰 실수를 한 거야."

"네?"

"이미 떠들어 댄 건 어쩔 수 없고, 이제부터 네가 할 일은 네 엄마가 얌전히 있기만을 바라는 거다. 알겠니?"

"?"

"난 내가 하려는 일을 거스르는 놈들은 반드시 치워 버리는 성격이거든. 그게 누구든 말이다."

나는 주춤주춤 물러서서 도망치듯 그 방을 나왔다. 나를 바라보고 서 있는 두 사람의 시선이 나를 따라오는 것 같았다.

소년 병사

마을 공터에 장작이 탑처럼 쌓였다. 사람의 키보다 두 배쯤 높은 곳에 나무를 깎아 만든 인형이 서른 한 개 걸렸다. 다이아몬드 광산에서 죽은 사람의 숫자와 같았다. 맨 위에는 루카가 칼로 깎아 만든 아빠 인형이 걸려 있었다.

날이 어두워지고 달이 떴다. 달은 구름 속으로 숨었다가 다시 나오곤 했다.

주술사 말렘은 티셔츠를 벗고 전통 의상을 입었다. 깃털이 수북이 달린 모자를 쓰고 구불구불한 지팡이도 들었다.

둥— 둥— 둥—.

타— 탁— 탁— 탁—.

북소리가 점점 고조되고 사람들은 고개를 숙인 채 슬피 울었다.

말렘이 횃불을 가져다 나무 탑에 불을 붙였다. 미리 기름을 부어 둔 탓에 불길은 순식간에 하늘로 치솟았다. 시뻘건 혀가 나무 탑과 목각 인형을 삼키며 타올랐다. 북소리는 점점 커지고 사람들의 입에서 괴이한 소리들이 터져 나왔다.

루카는 주먹을 꽉 쥔 채 타오르는 불길을 바라보고 있었다. 야디는 젬마라를 구슬프게 불었다. 스카 형은 타오르는 불길 앞에 돌덩이가 된 것처럼 서 있었다. 모두가 깊은 슬픔에 잠겨 있었다.

장작 타는 소리가 들리고 재가 날렸다. 불길을 마주 보고 서 있던 루카가 갑자기 돌아섰다.

"사고가 아니었어요!"

루카의 외침은 북소리에 묻혔다.

"사고가 아니었다고요!"

희생자 가족들이 내는 주문 같은 괴성에 루카의 목소리는 다시 한 번 묻혔다.

탕탕―.

루카가 밤하늘을 향해 총을 쐈다.

그제야 마을 사람들은 루카를 바라봤다.

루카는 마을 사람들에게 외쳤다.

"파비앙은 구조 비용이 더 많이 들 거라면서 그냥 묻으라고 했어요. 살아 있는 사람을요! 우리 아빠와 여러분의 가족을 그냥 죽도록 내버려 뒀어요. 지금 장례식을 치르며 슬퍼하는 것보다 더 중요한 건 파비앙이 우리 모두에게 사죄하고 죗값을 치르게 하는 거예요!"

마을 사람들은 우두커니 서서 루카를 바라보기만 했다.

모두가 무기력하고 슬픈 표정이었다. 루카의 말이 맞지만 어쩔 수 없지 않느냐고 묻고 있는 것 같았다.

침묵을 가르는 차 소리가 들렸다. 흙먼지를 일으키며 지프차가 달려오고 있었다. 지프차는 불타는 나무 탑 앞에 멈췄다.

파비앙과 부하 직원이 내렸다.

부하 직원은 가방을 들고 지프차의 보닛 위로 올라섰다. 그리고 모두가 잘 볼 수 있도록 뚜껑을 열었다. 가방 안에는 지폐 뭉치가 다발로 차곡차곡 쌓여 있었다.

파비앙이 마을 사람들을 향해 큰 소리로 외쳤다.

"희생자들에게 애도의 뜻을 표합니다. 사고 직후 나는 최선을 다해 구조 작업을 펼쳤습니다. 프랑스에서 전문 기술자들을 불러왔고 값비싼 구조 장비를 동원했습니다. 그것도 모자라 해외 전문가들까지 데려와 구조하려고 했지만 안타깝게도 실패했습니다. 사람의 힘으로 자연의 힘을 거스를 수는 없었습니다. 저는 이 점을 매우 유감스럽게 생각합니다. 그래서 희생자 가족 여러분에게 보상을 하기로 했습니다. 희생자 한 사람에게 일 년치 일당을 지급하기로 결정했습니다. 희생자 가족은 위로금을 받아 가기 바랍니다."

파비앙의 말이 끝나자 희생자 가족들이 묵묵히 줄을 서서 돈을 받기 시작했다.

"거짓말이에요! 구조 작업은 애초에 할 생각도 없었다고요!"

루카가 소리쳤지만 마을 사람들은 알 수 없는 눈빛으로 루카를 바라보기만 할 뿐 줄을 벗어나지 않았다. 마치 좀비들 같았다. 그러나 그들의 눈빛은 뭔가를 말하고 있었다.

'우리도 알아. 하지만 우리는 아무 힘이 없어. 그냥 돈이라도 받을래.'

그렇게 말하고 있는 것 같았다.

일 년치 일당을 계산해 보면 365달러, 우리 돈으로 환산하면 겨우 40만 원 정도였다. 내 마음속에서 뭔가 불길이 치솟아 올랐다.

파비앙이 내게 다가왔다. 나는 경계의 눈빛으로 뒤로 한 걸음 물러났다. 파비앙이 내 어깨에 팔을 둘렀다.

"네 엄마 말이야, 알고 보니 내 경쟁사에서 보낸 직원이더구나. 게다가 겁도 없이 너무 설쳐 대고 있어. 가만히 있으면 될 것을……. 쯧쯧."

"어, 어쩔 셈이에요?"

"말했잖아. 난 거슬리는 건 다 치워 버린다고."

"!"

나무 탑의 불길은 최고조로 타올랐다. 주변의 공기가 후끈 달아올랐다.

내 마음은 두려움으로 가득 찼다. 어떤 사악한 어둠의 힘이 나를 덮치는 것 같았다. 내가 몰랐던 추한 어른들의 세계에 혼자 뚝 떨어진 기분이었다.

"엄마를 내버려 둬요!"

"그건 차차 생각해 보기로 하고 우선은 여기 있는 녀석들부터 해결해야겠지?"

부우우웅—.

또다시 멀리서 트럭 소리가 들렸다. 헤드라이트 불빛이 눈부셨다. 그 불빛 사이로 흙먼지가 소용돌이쳤다. 트럭은 거칠게 달려와 멈췄다.

트럭에서 쿠와메가 뛰어내렸다. 쿠와메는 베레모를 벗어 몸에 묻은 먼지를 탁탁 털더니 스카 형 쪽으로 성큼성큼 걸어가며 두 팔을 벌렸다.

"하하하핫! 스카! 우리 소년병의 영웅! 내가 너무 늦었지?"

스카 형이 소스라치게 놀라 뒤로 주춤 물러섰다. 쿠와메는 덥석 스카 형을 부둥켜안고 볼에 마구 뽀뽀를 했다.

트럭 뒤의 짐칸에는 총을 움켜쥔 소년병들이 잔뜩 타고 있었다. 그들은 살기등등한 눈빛으로 우리를 내려다보았다. 소름이 끼쳤다.

"가자, 스카!"

"아, 아…… 싫어요!"

스카 형이 쿠와메를 뿌리쳤다. 하지만 단호하지는 못했다. 본능적으로 쿠와메를 두려워하고 있는 것 같았다.

쿠와메의 표정이 확 변했다.

"너 설마 진짜 겁쟁이가 된 거냐?"

스카 형이 파르르 떨고 있었다.

파비앙은 조금 떨어진 곳에서 그들을 구경하듯 쳐다보고 있었다. 파비앙의 입가에 옅은 미소가 감돌았다.

"아저씨가 부른 거죠?"

나는 파비앙에게 물었다.

"그래."

"왜요?"

"소년병으로 끌려가면 대개는 알아서 죽거든. 굳이 내가 어쩌지 않아도 말이야."

"!"

쿠와메가 스카 형의 목을 팔로 감고 오더니 총부리로 나와 루카, 야디를 쿡 찔렀다.

"뭘 구경하고 섰어? 너희들도 트럭에 올라타라! 어서!"

쿠와메가 파비앙과 눈짓을 주고받았다.

파비앙이 부하 직원에게 눈짓을 하자 트럭에서 다른 돈 가방을 꺼내 쿠와메에게 내밀었다. 쿠와메는 가방에 입술을 맞추었다.

"엉뚱한 오해는 마라. 이건 에붑을 때려잡는 데 쓸 돈이다!"

덜컹거리는 트럭은 어둠 속을 달렸다. 트럭에 탄 소년병들의 얼굴엔 적개심이 감돌았다. 늘어진 티셔츠와 반바지를 입은 소년병들은 차갑게 번들거리는 소총을 옆구리에 끼고 있었다. 상처투성이인 아이들의 몸은 흙먼지와 땀으로 범벅이 되어 고약한 냄새를 풍겼다.

한참을 달리던 트럭은 정글 깊은 곳으로 들어갔다. 어둠 속에 반군 막사가 나타났다.

쿠와메는 소년병들을 연병장 같은 마당에 집합시켜 놓고 스카 형을 앞으로 불러냈다.

"내가 말했던 소년병의 영웅, 스카다!"

쿠와메는 스카 형의 어깨를 두드리며 자랑스럽게 소개했다.

소년병들은 바닥에 앉은 채 눈을 동그랗게 뜨고 스카 형을 존경스러운 눈빛으로 바라보았다.

"이 녀석이 얼마나 대단했는지 얘기해 줄까? 스카는 너희 같은 겁쟁이들하고는 차원이 달랐다. 내가 처음 이 녀석을 만났을 때 스카는 겨우 아홉 살이었다. 나는 이 녀석의 용기를 시험해 보려고 정부군 포로 두 놈을 녀석 앞에 끌고 갔다. 한 놈은 다리를 부상당해 신음하고 있었고, 한 놈은 우리를 노려보고 있었지. 나는 스카에게 총을 주고 두 녀석 중에 한 놈만 쏘라고 했다. 그러자 스카가 어떻게 했는지 알아? 포로 두 놈을 일렬로 세우고 총을 쐈다. 한 번에 두 놈을 처리해 버린 거지. 왜 그랬냐고 물으니까 스카가 대답하더군. 총알을 아껴야죠, 하고 말이다!"

소년병들 사이에서 웅성거리는 소리가 들렸다.

스카 형은 고개를 숙이고 눈을 질끈 감고 있었다. 쿠와메는 신이 나서 더욱 큰 소리로 외쳤다.

"스카는 정부군이라면 닥치는 대로 해치웠다. 어른, 아이도 가리지 않았지. 마치 검은 독수리처럼 소리 없이 날아가 하이에나처럼 물어뜯었다. 정부군 녀석들은 스카만 보면 벌벌 떨었지. 스카, 저 겁쟁이 녀석들에게 너의 무용담을 더 들려줘라."

쿠와메가 스카 형을 앞으로 떠밀었다.

스카 형은 고개를 숙인 채 한참 그대로 있었다. 쿠와메가 스카 형을 재촉했다.

스카 형은 한참을 더 망설이다가 입을 열었다.

"그래, 난 쿠와메 중사님이 얘기한 것처럼 많은 사람의 목숨을 빼앗았다. 하지만 그건 내가 용감해서가 아니야."

소년병들이 멀뚱히 스카 형을 바라보았다.

"어쩌면 환각제 때문이었는지도 몰라. 그때 난 진통제인 줄 알았지만 아니었어. 나는 사람을 쏘면서도 아무 느낌이 없었어. 아니, 어떤 희열을 느꼈어. 너희들 중에도 나와 같은 경험을 한 녀석이 있을 거야."

소년병들이 다시 웅성거리기 시작하더니 스카 형을 향해 야유를 퍼부었다.

"겁쟁이!"

"영웅이 아니라 비겁한 탈주자!"

소년병들이 총을 치켜들고 고함을 질렀다.

"스카, 무슨 헛소리냐?"

쿠와메가 소년병들을 손으로 잠재우며 스카 형을 나무랐다. 그래도 스카 형은 다시 소년병들을 향해 말했다.

"너희들의 말이 맞아. 난 영웅이 아냐. 비겁한 도망자야."

"우, 우!"

"그땐 난 내가 무슨 짓을 하는지도 모르고 사람을 죽였어. 그리고 밤이면 환각에서 깨어나 죄책감에 시달려야만 했지."

"겁쟁이!"

"도망자!"

소년병들의 야유가 점점 커졌다.

"그때 난 결심했어. 다시는, 다시는…… 살인을 하지 않겠다고!"

소년병들 중에 몇 명이 튀어나와 스카 형의 턱을 주먹으로 후려쳤다.

그러고는 주먹을 치켜들고 야유와 조롱을 퍼부었다. 나머지는 스카 형이 넘어지자 발길질을 했다. 스카 형은 몸을 새우처럼 웅크린 채 비명을 속으로 삼켰다.

쿠와메가 화를 내며 앞으로 나섰다.

"스카, 무슨 헛소리를 지껄인 거냐?"

"저는…… 살인하지 않을 거예요. 다시는!"

스카 형이 터진 입술을 손등으로 닦으며 쿠와메에게 말했다.

스카 형의 진심이 담긴 표정과 눈빛을 본 쿠와메의 얼굴이 돌처럼 차갑게 굳어졌다.

"스카, 우리는 신의 저항군이다. 에붑 대통령이 한 짓을 잊었니? 그는 수만 명의 우리 부족을 학살한 살인자다. 부패하고 썩은 독재자야. 우리의 자원을 외국으로 빼돌리고 자기 배만 불리는 탐욕스런 돼지란 말이다! 그런 에붑을 지키는 게 정부군이고! 그러니까 정부군을 쓸어버리는 건 정의로운 싸움이다!"

"알아요."

"그걸 안다면 우리의 위대한 혁명적 전투를 살인이라고 하면 안 되지. 그건 우리를 모욕하는 거야!"

"하지만 아무리 포장을 해도 살인은 살인이에요. 저는 살인하지 않을 거예요."

쿠와메의 호흡이 거칠어지더니 누런 이빨을 빠드득 깨물었다.

쿠와메는 소년병들이 앉아 있는 사이로 들어가 제일 작고 잔뜩 겁을 먹은 한 꼬맹이의 멱살을 잡고 끌고 나왔다. 끌려 나온 아이는 두려움에 벌벌 떨었다. 스카 형은 그 아이를 안타깝게 바라보았다.

쿠와메가 스카 형을 윽박질렀다.

"이 녀석을 쏴라! 이 녀석은 정부군의 스파이야. 그러니까 쏴 버려! 네가 겁쟁이가 아니라는 것을 증명하란 말이다!"

"시, 싫어요."

쿠와메가 스카 형의 턱을 걷어찼다. 그리고 멱살을 잡았다.

"시키는 대로 해, 스카!"

루카가 나섰다.

"신의 저항군 좋아하네. 결국 반군도 다이아몬드 광산이 탐나서 그런 거잖아요?"

"뭐야?"

쿠와메가 루카를 향해 눈을 부라렸다.

"반군이 에붑 대통령이나 정부군하고 다른 게 뭐죠? 소년병에게 총을 주고 마약을 먹이고 사람을 쏴 죽이게 하는 건 똑같잖아요?"

"이 녀석이?"

쿠와메가 루카의 뺨을 후려쳤다.

루카가 종잇장처럼 나동그라졌다. 야디가 울음을 터뜨렸다. 나는 숨이 막혀서 기절할 것만 같았다.

쿠와메는 막사 앞 연병장에 쇠창살이 박힌 커다란 상자 두 개를 가져왔다. 나와 루카, 야디, 스카 형이 하나의 철창에 갇혔고 다른 철창엔 꼬맹이가 갇혔다.

쿠와메는 스카 형에게 총을 주었다.

"괴물과 싸우려면 괴물이 되는 수밖에 없어. 네가 저 꼬맹이를 쏘지 않으면 나도 너희들을 꺼내 주지 않을 거야. 거기서 굶어 죽을 때까지 물도 주지 않을 거다."

해바라기 꽃

시간이 얼마나 지났을까? 하루, 이틀?

배고픔이 지나가고 정신이 몽롱해졌다. 목이 타고 찢어지는 것 같았다.

더위와 습기, 똥과 오줌 냄새. 벌레들이 꾸물거리며 여기저기 물어뜯었다. 가려워서 긁은 자리는 피가 났다.

아, 어쩌다 이렇게 됐을까?

엄마, 날 구하러 와 줘.

나 여기서 죽을 것 같아.

비몽사몽간에 한국에서의 생활이 떠올랐다. 학교 앞 분식집, 피자, 햄버거, 태권도 학원, 체험 학습, 눈썰매장, 제주도 올레길, 지리산 등반, 국토 순례, 극기 훈련······.

아아 그건 차라리 소풍이었다.

공부와 시험, 숙제 때문에 돌아 버리겠다고 했던 것은 엄살이었다.

친구들과의 싸움도 별거 아니었다. 다 장난일 뿐이었다.

여기는 아프리카의 수케르, 이름 모를 정글 한가운데였다.

여기선 누가 죽어도 아무도 모른다. 총을 든 소년병들이 아무렇지도 않게 사람을 쏴 죽이는 곳. 내전이 끊이지 않는 곳. 길거리에 시체가 널려 있는 전쟁의 땅.

여기가 지옥이었다.

새까만 밤하늘에 별이 총총 떴다. 눈부시게 아름다운 별들이었다.

"루카 오빠, 저 별들이 다 다이아몬드였으면 좋겠어. 그래서 땅 위로 몽땅 쏟아져 내렸으면 좋겠어. 비처럼 말이야."

축 늘어진 야디가 힘없이 중얼거렸다.

"왜?"

"그럼 다이아몬드는 하나도 귀한 게 아니잖아. 그냥 반짝이는 돌이잖아. 그럼 아무도 다이아몬드 때문에 싸우진 않겠지."

야디의 말에 루카가 힘없이 고개를 끄덕였다.

"그래. 지킬 힘이 없다면 차라리 아무것도 없는 게 나을지도 몰라."

낮에는 해가 떠서 타 죽을 것만 같았다. 물 한 모금만 마실 수 있다면 지금 죽어도 좋을 것만 같았다.

쿠와메는 한 번씩 와서 스카 형을 설득하려고 했다.

"방아쇠만 당기면 돼. 저 꼬맹이를 쏴. 그럼 넌 살아."

"……."

"너 때문에 네 동생들이 이렇게 괴로워하고 있잖아? 넌 이기적이고 비겁한 놈이야!"

"나 때문이 아니에요."

"너 때문이야!"

"이런 말도 안 되는 조건을 걸고 우릴 가둔 쿠와메 중사님 때문이에요."

쿠와메는 철창을 발로 차고 우리 눈앞에서 물통의 물을 벌컥벌컥 마신 다음 남은 물을 보란 듯이 땅에 버렸다.

야디는 자기도 모르게 기어가 젖은 땅에 혀를 내밀었다. 루카가 야디를 잡아당기며 고개를 흔들었다. 목에 칼이 들어와도 자존심은 지키자는 뜻이었다. 야디는 루카를 꼭 끌어안았다.

하늘의 태양이 이글거리면 우리는 마른땅의 지렁이처럼 꿈틀거렸다. 몽롱한 의식 속에 갑자기 몸에 불이 붙는 듯한 환상으로 화들짝 놀라 깨기도 했다

탕—.

하늘을 찢는 듯한 총소리에 놀라 눈을 번쩍 떴다.

스카 형이 결국 총을 쐈나 보다 싶었다. 하지만 저쪽 꼬맹이가 아직 멀쩡하게 살아 있고 내가 환청을 들었다는 걸 안 순간, 다행이라는 생각

보다는 또다시 고통스런 시간의 시작이라는 생각에 숨이 막혔다.

루카와 야디는 고통을 잘 견뎠지만 나는 정말 괴로워서 미칠 것만 같았다.

스카 형이 생각을 바꿔서 제발 좀 어떻게 해 줬으면 좋겠다는 생각마저 들었다. 나를 바라보는 스카 형도 내 속마음을 꿰뚫어 보고 있는 것 같았다.

달빛이 밝았다. 철창 안의 꼬맹이가 울고 있었다. 녀석을 뚫어지게 보고 있던 스카 형이 갑자기 총을 움켜쥐었다.

뭐지? 쏘려는 건가?

스카 형은 눈을 질끈 감고 다시 총을 내려놓더니 꼬맹이에게 소리쳐 물었다.

"꼬맹이, 너 이름이 뭐냐?"

바닥에 엎어져 있던 꼬맹이가 고개를 들었다.

"이름이 뭐냐고 묻잖아!"

"왜…… 이름을 물어요?"

"어쩌면 내가 더 못 참을지도 몰라서 그래. 정말 견디기 힘들어. 그래서 묻는 거야. 이름을 알면 널 쏘지 못해! 그러니까 빨리 말해!"

"토, 토마스!"

"그래, 토마스. 넌 키가 작고 겁이 많은 눈을 한 토마스구나. 가톨릭 세례를 받았니? 예수의 열두 제자 중 하나인 의심 많은 토마스. 그래 좋은 이름이야. 넌 뭘 좋아하니?"

"나, 낚시요."

"그래, 낚시를 좋아하는 토마스. 네 꿈은 뭐지? 커서 뭐가 되고 싶어?"

"의사요. 아빠는 내가 의사가 되면 좋겠다고 했어요. 여긴 아픈 사람이 너무 많으니까."

"그래, 의사가 되고 싶은 토마스. 좋은 꿈이다. 내 꿈은 할리우드에 가서 액션 배우가 되는 거야. 에붑 대통령만 아니었어도, 다이아몬드 광산만 아니었어도, 우린 지금쯤 좋은 꿈을 꾸고 있을지도 모르는데 말이야."

"미, 미안해요. 나 때문에……."

"토마스, 넌 잘못한 게 없어."

토마스가 울기 시작하자 스카 형이 큰 소리로 말했다.

"울지 마, 토마스. 이제 루카와 야디 그리고 수오도 충분히 나와 같은 마음이 됐을 거야. 낚시를 좋아하는 토마스, 의사가 꿈인 토마스, 겁 많은 눈을 가진 토마스, 이제 우린 아무리 힘들어도 널 쏘지 못해. 쏘고 싶다는 생각도 못 할 거야. 그러니까 안심해."

스카 형은 그렇게 말하며 눈을 감았다. 눈꼬리 끝에서 눈물이 한 줄기 흘러내렸다. 꼬맹이는 창살을 붙잡고 우리 쪽을 보고 있었다. 아직도 울고 있는 것 같았다.

"스카 형, 엘도라도 알아?"

눈 뜰 힘도 없을 때 루카가 입을 열었다.

우리는 서로의 팔과 다리를 베고 엉켜 누운 채 루카의 얘기를 들었다.

"남미의 황금을 찾아온 정복자들 때문에 엄청나게 많은 원주민들이 죽임을 당했지. 난 가끔 상상을 해. 엘도라도 사람들이 사실은 아무도 찾을 수 없는 깊고 깊은 어딘가로 모두 숨어 버렸을지도 모른다는 상상 말이야. 어쩌면 지금도 이 세상 어딘가에는 그들의 후예가 살아 있을지 몰라. 아무도 모르는 어딘가에 황금의 도시를 세우고 말이야. 난 정말 그랬으면 좋겠어. 황금처럼 빛나는 그 도시는 정말 평화롭고 아름다울 거야."

루카의 말을 듣고 있는 내 머릿속에 황금빛으로 빛나는 도시가 떠올랐다.

그 도시에는 루카의 가족들이 살고 있었다. 스카 형은 텃밭을 가꾸고, 야디는 노래를 부르고, 루카는 공부를 하고, 루카의 아빠는 물고기를 낚아 콧노래를 부르며 집으로 돌아오고 있었다. 너무나 달콤하고 아름다운 풍경이었다.

루카가 꿈꾸던 세상이 있다면 바로 그런 곳이 아닐까 싶었다.

"저게 뭐지?"

스카 형이 눈을 번뜩이며 몸을 일으켰다.

어둠 속에 트럭이 들어왔다. 전조등 앞으로 먼지가 날렸다. 트럭이 멈추자 쿠와메와 소년병들이 트럭에 달라붙어 뭔가를 꺼내 바닥에 내려놓았다.

"박격포야!"

스카 형이 놀라서 입술을 깨물었다.

쿠와메가 철창 쪽으로 걸어와 스카 형 앞에 우뚝 섰다. 전과는 표정이 달랐다. 뭔가 잔뜩 상기된 표정이었다.

"드디어 내일이다."

"?"

"에붑 대통령이 내일 아침 블랙 다이아몬드 호텔 앞 광장에서 자선 바자회를 열고 연설을 할 거다. 여기서 호텔까지는 얼마 멀지 않아. 박격포의 유효사거리 안에 들어간단 말이다. 우린 이번 기회에 에붑을 완전히 날려 버릴 생각이다."

"자, 잠깐만요. 자선 바자회라고요?"

"그래."

"그렇다면 거기에 일반인들도 있을 거 아니에요?"

"있겠지."

"그, 그런데도 박격포를 쏜다고요?"

"너도 알잖아? 에붑이 얼마나 교활하고 사악한 놈인지. 일부러 바자회를 택한 거야. 바자회 주변에는 아이들을 태운 버스를 둘러 세울 예정이다. 아이들에게 자선을 베풀겠다는 건 핑계고 사실은 방패막이로 쓰려는 거지."

"그, 그걸 알면서도 폭격을 하겠다는 거예요?"

"안타깝지만 어쩔 수 없다. 눈에는 눈, 이에는 이!"

"아, 안 돼요!"

"스카, 내가 말했지? 괴물과 싸우려면 괴물이 될 수밖에 없다! 희생자들에겐 미안하지만 어쩔 수 없다. 에붑을 날려 버릴 절호의 기회니까."

쿠와메가 분노로 이글거리는 눈빛으로 일어났다.

스카 형은 창살을 붙잡고 안절부절못했다. 눈이 시뻘겋게 충혈되었다.

내 머릿속에는 끔찍한 풍경이 그려졌다.

호텔 앞 광장에 수많은 사람들이 몰려와 있고 에붑 대통령은 연단에 서서 연설을 한다. 주변엔 노란 해바라기 그림이 그려진 버스들이 방패처럼 줄지어 서 있다. 버스 안에는 올망졸망 귀여운 아이들이 아무것도 모른 채 손뼉을 치며 노래를 부른다.

그때 하늘에서 포탄이 날아온다. 포탄은 버스 지붕에 떨어진다. 동시에 포탄이 무차별로 떨어진다. 폭격을 당한 호텔 앞 광장은 순식간에 아수라장이 된다. 사방에서 비명 소리가 들리고 사람들은 피를 흘리며 쓰러진다. 버스는 불길에 휩싸이고 아이들은 유리창을 두드리며 빠져나오려고 울부짖는다. 여기저기 시체가 널리고 피비린내가 진동한다.

"아, 아 안 돼! 막아야 돼!"

스카 형도 똑같은 상상을 한 것일까?

무릎을 세우고 자기 머리를 감싸 쥔 채 신음 소리를 냈다.

밤이 깊어지자 스카 형이 철창을 잡고 흔들며 쿠와메를 불렀다. 쿠와메가 헝클어진 옷차림으로 신발을 끌며 나왔다. 한 손에는 술병이 들려 있고 입에는 담배가 물려 있었다.

"스카, 시끄럽잖아!"

"괴물과 싸우려고 괴물이 된다고 했죠? 하지만 내 생각은 달라요. 그건 그냥 괴물들의 싸움일 뿐이에요."

"허, 그래서?"

"괴물끼리의 싸움이 아니라 괴물을 응징하는 싸움이라면 그 자격은 인간에게만 있어요."

"그런 철없는 소릴 하려고 날 불렀나?"

"중요한 정보가 있어요."

"뭔데?"

"이쪽으로 가까이……."

스카 형이 쿠와메에게 손짓을 했다.

쿠와메는 철창 앞으로 다가왔다. 스카 형은 귓속말을 하려는 듯 쿠와메에게 더 가까이 오라고 손짓했다. 쿠와메가 귀를 가까이 가져왔다.

스카 형은 쿠와메의 귀를 이빨로 깨물었다. 쿠와메가 비명을 지르며 발버둥 쳤다. 스카 형은 도사견처럼 귀를 물어뜯으며 잡아당겼다.

쿠와메는 악어에게 물린 물소처럼 버둥거렸다. 철창에 뺨을 문댄 채 비명을 질러 댔다. 쿠와메의 허리춤에 달려 있는 열쇠고리가 출렁거렸다.

스카 형이 눈짓하자 루카가 재빨리 열쇠고리를 낚아챘다. 창살 밖으로 손을 뻗은 루카가 커다란 자물통을 풀었다.

문이 열리자 우리는 밖으로 빠져나왔다.

스카 형이 쿠와메의 목덜미 급소를 쳤다. 쿠와메가 컥 소리를 내며 정신을 잃고 쓰러졌다.

스카 형은 박격포를 향해 뛰어갔다. 박격포를 살펴보던 스카 형은 난감한 표정을 짓더니 주변을 둘러봤다. 눈에 띄는 단단한 돌을 움켜쥐고 박격포에 붙어 있는 가늠자 쇳덩이를 때리기 시작했다.

땅―.

땅―.

땅―.

박격포에 붙어 있는 작은 가늠자는 쇳덩이라 꿈쩍도 않고 오히려 돌이 깨졌다.

"여기 짱돌!"

야디가 머리 위에 돌을 지고 왔다. 루카도 단단한 돌을 주위 왔다. 나도 돌을 주웠다.

스카 형은 돌을 받아 계속 쇳덩이를 후려쳤다. 쇳덩이를 치는 충격으로 손이 멍들고 돌도 깨졌다.

"이걸 부수면 어떻게 되는데?"

"가늠자가 망가지면 방향과 거리를 측정할 수 없게 돼. 그러면 에뷸을 겨냥해서 포를 쏘고 싶어도 쏠 수가 없어."

스카 형이 아무리 돌로 쳐도 가늠자는 쉽게 부서지지 않았다. 스카 형은 할 수 없이 우리를 물러나게 하고 총을 집어 들었다. 가늠자를 조준하고 총을 쏘려고 할 때였다.

탕―.

탕―.

탕―.

총성이 울렸다.

"스카, 멈춰라!"

기절했던 쿠와메가 총을 쏘며 괴물처럼 걸어오고 있었다. 물어뜯긴 귀에서 터진 피가 뺨을 타고 흘러내렸다.

"스카, 어렵게 구한 박격포다. 멈춰라!"

쿠와메가 스카 형을 총으로 겨눈 채 소리쳤다. 스카 형은 가늠자를 총으로 겨눈 채 말했다.

"아이들을 다치게 할 순 없어요."

"에붑 대통령을 없애버릴 절호의 기회다."

"아이들까지 다쳐요!"

"에붑을 없앨 마지막 기회란 말이다."

"아이들이 죽는다고요!"

"에붑만 없어지면 이 나라는 평화로워질 수 있어!"

"애들을 죽이면서 무슨 평화요!"

"스카! 멈춰! 제발!"

"쿠와메 중사님! 제발!"

스카 형과 쿠와메는 서로 한 치도 물러서지 않겠다는 듯 팽팽히 맞섰다. 시간이 멈춘 듯했다. 스카 형과 쿠와메의 눈빛만 번뜩였다.

마침내 쿠와메가 입을 열었다.

"스카, 넌 가늠자를 쏴라. 난 그 전에 널 쏠 거다. 그러니까 잘 판단해라. 총을 버리든지 아니면 차라리 나를 쏴. 아니면 넌 죽어!"

"전 다시는 사람을 쏘지 않기로 결심했어요. 저를 쏜다고 해도 어쩔 수 없어요. 전 쿠와메 중사님을 쏘지 못해요. 전 가늠자를 부숴 버릴 거예요."

나는 스카 형의 눈빛에서 마지막을 직감한 사람의 텅 빈 고요를 보았다. 스카 형은 고개를 돌리고 총구를 가늠자에 겨누었다. 마치 슬로비디오를 보는 것 같았다.

스카 형은 가늠자를 향해 방아쇠를 당겼다. 총구에서 불꽃이 튀었지만 내 귀에는 총성도 들리지 않았다. 가늠자가 부서지면서 동시에 스카 형의 몸에서 붉은 꽃이 피었다. 스카 형의 몸이 튕겨 나가 바닥에 쓰러졌다. 그제야 정적이 깨지며 소리가 들렸다. 막사에서 나온 소년 병사 하나가 형에게 마구 총을 쏘고 있었다. 그의 총구에서 불길이 마구 뿜어져 나왔다.

"안 돼!"

쿠와메가 소년 병사에게 소리쳤다.

"이런 멍청한 자식! 진짜 쏘면 어떡해!"

쿠와메는 소년 병사에게 달려가 주먹을 날렸다.

소년 병사가 총을 떨어뜨리며 나동그라졌다. 동시에 쿠와메는 스카 형에게 달려갔다. 피를 흘리며 쓰러진 스카 형을 부둥켜안은 쿠와메는 온몸을 떨었다. 슬픔과 분노와 절망과 안타까움으로 쿠와메가 고개를 젖히며 울부짖었다.

"스카!"

달빛이 고요했다. 쿠와메가 삽으로 땅을 파는 소리만 들렸다. 삽을 쥔 손에 힘줄이 울퉁불퉁 튀어나오고 눈 밑은 붉게 물들었다.

"길거리에 널린 게 소년병 시체예요. 그런데 이제 와서 왜 이러는 거예요? 스카 형을 죽이려고 했잖아요? 왜 그렇게 정성껏 땅을 파는 거예요?"

루카가 물었다.

"스카는…… 쓰레기가 아니니까. 스카는 땅에 묻힐 만한 자격이 있어."

"자격이라고요?"

"스카는 처음부터 끝까지 달랐다. 아무것도 모르고 총만 쏴 대는 애들하고도 달랐고, 입으로만 떠드는 녀석들하고도 달랐다. 너는 수케르에 있다고 생각하니?"

"뭐가요?"

"난 한 번도 본 적이 없다. 진짜로 자기 목숨을 걸고 끝까지 자기 말에 책임을 지는 녀석 말이다."

쿠와메는 삽을 내려놓고 스카 형을 구덩이에 눕혔다. 그리고 스카 형의 무덤 앞에 착 소리가 나게 군홧발을 붙이고 서서 거수경례를 했다. 부릅뜬 쿠와메의 눈이 붉게 물들더니 눈물이 떨어졌다. 두툼한 입술도 파르르 떨렸다.

서로 생각은 달랐지만 쿠와메는 진심으로 스카 형을 좋아하고 있었던 것 같았다.

정글을 달리는 소년

쿠와메 중사는 우리를 풀어 주었다. 우리는 스카 형의 죽음을 슬퍼하며 말없이 걷고 또 걸었다. 마을로 돌아오는 길은 멀었다.

밤하늘 저편에서 번쩍번쩍 섬광이 터졌다. 사방에서 총소리가 들렸다. 총소리는 먼 곳에서도 들렸고 가까운 곳에서도 들렸다. 루카가 심상찮은 표정으로 주변을 살피더니 내게 말했다.

"정부군의 반격이 시작된 것 같아. 아무래도 반군이 밀리고 있는 것 같아."

"정말?"

"수오, 우린 마을로 돌아갈 거야. 넌 반대편 정부군 쪽으로 가라."

"혼자 가다가 지뢰를 밟고 싶지는 않아."

136

나는 루카와 야디를 따라 함께 뛰고 또 뛰었다.

마을 입구에 들어서자 사방에서 검은 연기가 치솟고 있었다. 폭격을 당한 집들은 부서지고 화염에 휩싸여 불타고 있었다.

흙길에 벌거벗은 아이들이 나와 울고 있었다.

끔찍한 풍경이었다.

그때 뒤에서 요란한 굉음을 내며 트럭들이 몰려오더니 우리 앞에서 멈췄다. 우리는 바짝 긴장해서 옆으로 물러섰다. 트럭에서 정부군 군인들이 뛰어내렸다. 그들은 우리를 향해 총부리를 겨눴다.

"반군 소년병들이군!"

그들은 우리를 트럭에 태웠다.

저항하면 그 자리에서 총을 맞을 것 같았다. 트럭 안에는 반군이었던 소년병들이 붙잡혀 있었다. 모두 겁에 질려 덜덜 떨고 있었다.

"트럭이 어디로 가는지 알아?"

루카가 먼저 잡힌 소년병들에게 물었다. 소년병들은 죽음을 예감한 듯 두려움에 떨고 있었다.

"몰라. 우릴 다 죽인대."

한 소년병이 공허한 목소리로 말했다.

"아이고 어른이고 가리지 말고 반군 편이었다면 무조건 다 죽이라고 에붑 대통령이 명령했대."

또 다른 소년병이 금방이라도 울 것처럼 말했다.

트럭은 죽음의 계곡을 향해 달려갔다.

루카는 야디를 꽉 끌어안았다. 야디는 열이 펄펄 나고 있었다. 야디가 신음하듯 말했다.

"오빠…… 외계인이 쳐들어오면 좋겠어. 그럼…… 지구는 모두 한편이 되어 싸울 테니까. 우리끼리 싸우지는 않을 거야. 그치? 근데 외계인은 착하면 안 돼. 나쁜 외계인이라야 돼. 그래야 우리가 한편이 되어 싸우지……."

루카는 야디를 더 꽉 안았다. 야디는 자꾸 헛소리를 했다.

덜컹거리며 어둠 속을 달리는 트럭 안에서 루카가 나를 빤히 쳐다봤다. 루카는 나를 향해 알 수 없는 무언의 말을 하는 것 같았다.

루카가 갑자기 벌떡 일어났다. 루카는 운전석 쪽을 탕탕 손바닥으로 쳐 댔다. 트럭이 계속 가기만 하자 루카는 주먹과 발로 마구 걷어차며 차를 세우라고 소리를 질렀다.

트럭이 멈추고 정부군 병사가 신경질적으로 차에서 내렸다.

"무슨 일이냐? 여기서 죽고 싶어?"

"여기 이 녀석은 반군이 아니에요. 엄마가 광산 개발 회사의 높은 사람이에요. 에붐 대통령하고도 잘 아는 사람이에요."

루카가 나를 가리키며 말했다.

정부군 병사는 당황했다.

"만약 이 녀석이 다치면 책임을 져야 될 거예요. 그러니까 이 녀석은 내려 주세요."

루카의 말에 정부군 병사가 자기들끼리 언성을 높이며 의논했다. 그러다 결정한 듯 나에게 내리라는 손짓을 했다.

나는 차마 내리지 못하고 망설였다. 그러자 정부군 병사가 나를 잡아당겨 밑으로 끌어내렸다.

"루카!"

나는 트럭 아래에서 루카와 야디를 바라보았다.

루카는 야디를 끌어안은 채 내게 눈빛으로 마지막 인사를 했다. 야디도 희미하게 눈으로 인사를 했다. 나는 차마 어쩌지 못하고 망연히 서 있었다.

트럭은 나를 남겨 놓고 흙먼지를 일으키며 사라졌다. 나는 트럭 뒤에 붙은 번호판을 외웠다.

그리고 돌아서서 뛰기 시작했다.

주술사 말렘의 집은 생각보다 멀었다. 아무리 뛰어도 말렘의 집이 보이지 않았다. 시간이 없었다. 루카가 죽임을 당하기 전에 엄마를 만나야만 했다.

드디어 저 멀리 주술사 말렘의 집이 보였다. 마당에 세워 둔 낡은 오토바이도 보였다.

"말렘 할아버지! 어디 있어요?"

마당으로 뛰어 들어간 나는 말렘 할아버지를 찾았다.

한참 집 안을 뒤지던 나는 뒷마당의 닭 사육장 뒤에 숨어 있는 말렘 할아버지를 발견했다. 말렘 할아버지는 술에 취한 것 같았다.

"술 마셨어요?"

"두려움을 없애 주니까."

"지금 빨리 엄마한테 데려다 주세요! 루카와 야디를 살려야 해요!"

부릉부릉—.

부타타타탕—.

나는 말렘 할아버지의 오토바이 뒤에 타고 울퉁불퉁한 흙길을 달렸다.

몇 번이나 움푹 팬 웅덩이 때문에 넘어질 뻔했지만 악착같이 허리를 붙잡고 버텼다.

머릿속에선 끔찍한 광경이 떠나지 않았다.

커다란 구덩이 앞에 손을 뒤로 하고 무릎을 꿇린 아이들이 앉아 있다. 거기엔 루카와 야디도 있다. 정부군 병사들이 아이들의 뒤에서 무참히 총을 갈겨 대고 아이들은 구덩이로 고꾸라진다. 흙에 반쯤 파묻힌 수많은 소년 병사들의 시체. 차마 눈 뜨고 볼 수 없는 끔찍한 장면이 자꾸 떠올랐다.

"더 빨리 달려요!"

"너도 알잖냐? 이 오토바이로는 이게 최대 속력이다!"

말렘 할아버지는 달리고 또 달렸다.

오토바이가 불타 버린 마을의 검은 연기를 뚫고 지나갈 때였다.

부릉부릉 투타다다—.

투투— 투—.

투퉁—.

속도가 점점 줄어들며 펑펑 검은 연기를 토해 내던 오토바이가 구덩이에 빠지면서 멈춰 버렸다. 말렘 할아버지는 시동을 걸려고 애를 썼지만 허사였다.

말렘 할아버지가 오토바이를 발로 걷어찼다. 오토바이는 모든 나사가 다 풀어진 것처럼 와르르 분해되고 말았다.

"헉!"

"스카가 아무리 솜씨가 좋아도 낡은 부품은 어쩔 수 없지. 이게 한계다."

"그럼 어떡해요?"

"할 수 없지. 뛰어!"

말렘 할아버지가 내 등을 떠밀었다.

나는 무작정 뛰기 시작했다. 숨이 턱까지 차올랐다. 심장이 터질 것 같았다. 이대로 멈춰 쉬고 싶었지만 멈출 수가 없었다. 무작정 뛰고 또 뛰는 수밖에 없었다.

사방에 피어오르는 검은 연기가 보였다. 멀리서 포탄 소리가 들려왔다. 콩 볶는 듯 총소리와 사람들의 아우성을 뚫고 나는 마라톤 선수처럼 뛰고 또 뛰었다. 최대한 빨리 엄마가 있는 곳으로 가야만 했다. 지금 루카와 야디를 구할 수 있는 사람은 나와 임마밖에 없었다.

쾅―.

갑자기 옆에서 지뢰가 터졌다. 나는 귀를 막으며 바닥에 엎드렸다. 머리 위로, 등 위로 흙더미가 쏟아졌다. 온몸이 후들거렸다. 고막이 멍멍해지고 눈앞이 뿌옇게 흐려졌다. 붉은 황토 흙길이 휘어지고 뒤틀리는 것 같았다.

지뢰밭이었다.

어떡하지?

어떡하지?

내 심장은 펄떡거리고 호흡은 가빴다. 그 순간 모든 생각이 멈추고 몸이 움직였다. 내 발이 내 몸을 끌고 나가기 시작했다. 나는 다시 죽어라 팔을 휘저으며 지뢰밭을 달리고 있었다.

무사히 지뢰밭을 빠져나온 것일까?

더 이상 폭탄 터지는 소리가 들리지 않을 때쯤 나는 돌부리에 걸려 털썩 넘어지고 말았다.

무릎이 깨진 듯 아팠다. 토할 것같이 숨이 차고 목이 타들어 갔다. 나는 엎어진 땅에 코를 박고 있다가 몸을 돌려 하늘을 보고 누웠다.

하늘은 푸르고 또 푸르렀다.

이 모든 게 다 말도 안 되는 지독한 악몽 같았다.

푸른 하늘 저편에서 뭔가 반짝이는 게 보였다. 흰색 경비행기였다. 비행기 동체에 그려진 아기 천사가 귀엽게 웃고 있었다.

비행기에서 하얀 자루가 떨어졌다. 눈송이처럼 떨어지는 그 자루들을 보는 순간 나는 울컥했다.

죽음을 향해 달려가는 트럭에서 오들오들 떨고 있을 야디와 여전히 고개를 뻣뻣하게 세우고 있을 루카의 부릅뜬 눈이 떠올랐다.

광산에 묻힌 사람들을 구하려고 홀로 무너진 갱도로 들어간 루카 아빠의 얼굴이 떠올랐다.

박격포 가늠자를 부수려고 돌을 쥐고 안간힘을 쓰던 스카 형의 얼굴
도 떠올랐다.

스카 형을 묻고 눈물짓던 쿠와메 중사의 독한 얼굴도 떠올랐다.

나는 비로소 루카가 총을 쏜 이유를 진심으로 알 것 같았다.

루카, 이제야 알았어. 지금 내게 총이 있다면 나도 너처럼 그랬을 것
같아.

저리 꺼져!

다 필요 없어!

지금 여기에 필요한 건 그런 구호 물품 자루가 아니라고!

나는 비행기를 향해 손을 들어 손가락 총을 만들어 겨눴다.

탕―.

탕―.

탕―.

손가락 총을 쏘며 입술로 총소리를 작게 냈지만 머릿속에서 커다란
총성이 울려 퍼졌다. 내 눈에도 눈물이 흘러내렸다.

나는 다시 일어나 뛰기 시작했다.

반군과 대치 중이던 경계선을 넘어 한참을 더 달리자 저 멀리 블랙 다
이아몬드 호텔이 보였다.

호텔 로비로 뛰어 들어가자 안내 데스크의 직원들이 놀란 얼굴로 내
게 달려왔다. 나는 온몸의 힘이 빠져 그대로 털썩 쓰러졌다.

내가 흘린 피는 아니었지만 나는 피범벅이 되어 있었고 흙투성이였고

만신창이였다.

"수오야!"

계단에서 엄마가 뛰어 내려오는 모습이 보였다. 엄마는 너무 급히 내려오다 발을 삐끗하며 넘어졌다. 엄마는 아픈 줄도 모르고 벌떡 일어나 다시 달려와 나를 부둥켜안았다.

엄마는 내 얼굴을 보더니 울음을 터뜨리며 나를 꽉 안았다. 그러다가 내 뺨을 잡고 나를 보고 끌어안았다가 또다시 내 얼굴을 보고 더 세게 끌어안았다.

"어, 엄마, 루카와 야디를 구해야 돼!"

"뭐?"

"그 애들이 죽을지도 몰라. 아니 벌써 죽었을지도 몰라!"

"무슨 소리야?"

"엄마가 구해 줘. 엄마는 할 수 있을 거야. 에붐 대통령을 만나서 그 애들을 살려 달라고 말해 줘."

"수오야……."

엄마는 내가 열병이라도 걸려 헛소리를 하는 줄 아는 것 같았다.

엄마의 걱정스런 눈빛을 보자 나는 설명이 필요하다는 걸 깨달았다. 나는 있는 힘을 다해 지금까지 있었던 일을 짧게 설명해야만 했다. 그러나 입술을 움직일 힘도 없었다. 나는 정신을 잃었다.

다시 깨어났을 땐 호텔 방이었다. 햇살이 창을 뚫고 들어왔다.

나는 침대에 누워 있었고 엄마는 내 손을 꽉 잡은 채 심각하고 진지

한 얼굴로 나를 바라보고 있었다.

나는 다시 힘을 내서 그동안 있었던 일을 최대한 짧게 설명했다.

내 얘기를 듣고 난 엄마는 난감한 표정이 되어 있었다.

"하, 하지만 엄마가 무슨 수로 그 애들을 구할 수 있겠니?"

"엄만 에붑 대통령을 만날 수 있잖아."

"하지만 그러기엔…… 엄마가 포기해야 할 게 너무 많아."

"그럼 포기해."

"과, 광산 개발권을?"

"응."

그 말이 엄마에게 무슨 의미인지 나는 알았다. 하지만 그렇게 말하지 않을 수 없었다.

"그럼 엄마는 회사에서 잘려. 우린 뉴욕에 가서 살겠다는 꿈도 접어야 해."

"그게 뭐 어때서? 루카와 야디도 그랬어. 스카 형도!"

"?"

"모든 걸 다 포기했다고. 아니, 포기가 아니라 다 빼앗겼어. 가족도, 꿈도, 미래도, 목숨도 다 뺏겼어!"

"그래, 네 말이 다 맞아. 그 애들을 구할 수 있으면 구해야지. 엄마도 너 찾으려고 사방팔방 미친년처럼 돌아다니면서 이것저것 볼 거 안 볼 거 다 봤어. 하지만…… 지금 이건 순간의 감정으로 결정할 일이 아냐."

"엄마도 다 봤다면서? 우리가 빼앗은 거니까 우리가 돌려줘야지!"

엄마의 눈썹이 파르르 떨렸다. 눈동자가 빠르게 움직였다.

내 손을 꽉 잡고 있던 엄마의 손에 스르르 힘이 빠졌다.

엄마는 방 안을 돌아다니며 생각에 잠겼다. 발걸음은 초조했고 어깨는 무거운 짐으로 짓눌려 있는 것 같았다. 엄마가 창가에 두 팔을 벌리고 섰다. 눈을 감은 엄마의 몸으로 햇살이 파고들었다. 엄마는 호흡을 고르더니 마침내 나를 향해 돌아섰다. 그리고 입을 열었다.

"수오야."

"응?"

"다른 엄마들도 그렇겠지?"

"?"

"엄마가 너 때문에 애간장이 끊어지듯 아팠던 것처럼……. 그리고 네가 무사히 돌아왔을 때 세상을 다시 얻은 듯 기뻐했던 것처럼……. 그애들의 엄마도 똑같겠지?"

"당연하지!"

"그래, 엄마는 회사원이기 전에 엄마야! 엄마라고! 가자!"

엄마가 내 손을 잡고 걷기 시작했다. 엄마의 걸음은 점점 빨라졌다. 마치 전투를 하러 가는 전사 같았다. 마침내 엄마는 호텔 앞에 서 있는 승용차를 향해 뛰기 시작했다.

우리는 에붑 대통령 관저로 들어갔다. 에붑 대통령은 기분 좋은 표정으로 느긋하게 책상에 앉아 시가를 피우고 있었다.

엄마가 성난 사자처럼 돌격해 들어가자 에붑 대통령은 자세를 고쳐 앉았다.

엄마는 전투적인 자세로 에붑 대통령에게 말했다.

"반군 소년병들을 몰살하라고 명령했다면서요?"

"허헛, 아니 뭐, 그런 것까지 시시콜콜하게 신경을 쓰고……. 그래서 요?"

"지금 당장 중지해 주세요!"

에붑 대통령의 볼살이 실룩거렸다. 커다란 몸집을 움직일 때마다 소파에서 뿍뿍 하는 소리가 났다.

"내가 왜 그래야만 하는지……?"

에붑 대통령은 두툼한 입술로 시가를 문 채 엄마를 노려보았다. 이번엔 그 대가로 뭘 해 줄 거냐고 묻는 것 같았다.

엄마는 휴대폰을 탁자에 탁 내려놓았다. 에붑 대통령의 눈동자가 휴대폰을 훑었다. 그리고 엄마를 쳐다봤다.

"지난번 협상 때 했던 말들 기억하시죠? 병원이고 아스팔트 도로고 다 못 해 주는 대신에 대통령 개인 계좌로 돈을 넣어 주기로 한 것 말이에요. 여기 아주 잘 녹음되어 있어요."

"!"

에붑 대통령과 엄마가 기 싸움을 하기 시작했다. 에붑 대통령은 흰자위가 다 보이도록 엄마를 무섭게 쏘아보며 말했나.

"만약 내가 여기서 당신의 휴대폰을 빼앗고 당신은 호텔로 돌아가다 사고로 죽는다면? 그래도 후회하지 않겠소?"

"내가 그런 말에 겁먹을 것 같은가요?"

"현명한 판단을 도우려는 거요."

"그런 게 무서웠으면 애초에 아프리카에 오지도 않았어요."

"내 생각을 바꾸기에 녹음 파일은 좀 부족하다 생각하지 않소?"

"이미 원본은 미국에 있는 친구에게 보냈어요. 내가 불의의 사고를 당하면 이 자료를 즉시 CNN으로 보낼 거예요. 그러면 전 세계가 당신을 주목하게 되겠죠. 반군 캠프 쪽은 축제 분위기가 될 거예요. 독재자 에붑 대통령을 권좌에서 끌어내릴 수 있는 확실한 계기가 될 테니까!"

에붑 대통령의 얼굴이 찡그러졌다.

엄마가 탁자 위의 전화기를 들어 대통령에게 건넸다. 에붑 대통령은 엄마를 노려보다가 포기한 듯 껄껄 웃었다. 그리고 커다란 손으로 전화기를 받아 들고 누군가에게 전화를 걸더니 이런저런 지시를 하다가 내게 물었다.

"네 친구가 탔다고 했나? 친구를 구하려면 어떤 트럭인지 번호를 알아야 해. 알고 있겠지?"

"그야 당연히……."

나는 외워 두었던 번호판을 불러 주려다가 멈칫했다.

루카와 야디 그리고 그 옆에 타고 있던 아이들의 얼굴이 떠올랐다. 겁에 질린 아이들의 얼굴이 너무나 선명했다.

"……모, 몰라요."

"허헛. 번호판도 모르면서 어떻게 네 친구를 구해 달라는 게냐?"

"기억…… 못 하는 게 아니라, 안 하는 거예요."

나는 루카를 대신해서 눈을 크게 부릅뜨고 또박또박 말했다.

"뭐?"

"내 친구들이 탄 트럭뿐만 아니라 모든 트럭에 다 명령해요."

"뭐야?"

"전부 다 살리라고요!"

오랜 후에

나는 엄마와 함께 한국으로 돌아왔다. 엄마는 광산 개발권을 따지 못했다는 이유로 직장에서 좌천당했지만 많이 슬퍼하지는 않았다. 얼마 후 엄마는 사표를 냈다.

시간이 조금 지나자 오히려 마음이 편해졌다고 했다. 새로운 직장을 구하기 위해 이리 뛰고 저리 뛰다가 가끔은 짜증을 내기도 했지만 그래도 알 수 없는 어떤 기쁨 같은 것이 있어 보였다.

"엄마 안 힘들어?"

"엄마가 누구야? 수케르의 아이들 수천 명을 구한 비밀 영웅이야. 하나도 안 힘들어."

그 말은 진심인 것 같았다.

내게도 변화가 있었다. 나는 말수가 적어지고 웃음기가 많이 사라졌다. 엄마는 내 눈치를 보다가 조심스럽게 내게 말했다.

"정신과 상담 같은 걸 받아 봐야 하지 않을까? 그런 무서운 일을 겪었는데."

"그럴 필요 없어."

"정말?"

"응. 내가 생각해도 난 전보다 훨씬 어른이 된 것 같아."

진심이었다. 엄마가 했던 말처럼 어쩔 수 없는 일을 어쩔 수 없이 하게 되는 그런 어른이 아니었다. 다른 의미에서의 어른이었다. 나는 오히려 마음의 키가 부쩍 자랐다고 느꼈다. 내 또래 아이들은 모두 어리광쟁이처럼 보였다. 수케르에서 겪은 일들을 생각하면 여기서의 일들은 아무것도 아닌 게 되었다.

불쑥불쑥 루카 생각이 났다.

나는 왜 루카처럼 분명한 목표도 없이 공부를 하려는 걸까?

나는 왜 야디처럼 꿈도 없을까?

스카 형처럼 내게도 목숨을 걸고 지키고 싶은 것들이 있을까?

가끔 루카와 야디기 궁금해지면 인터넷에 수케르를 검색해 보았다. 놀랍게도 에붐은 여전히 대통령이었고 끔찍한 내전은 아직도 계속되고 있었다. 역사는 진보하는 거라는 말이 의심스러웠다.

진보하지 않는 것은 나도 마찬가지였다. 친구들과 친척들에게 휴먼 엔젤에 구호 성금을 보내 달라고 부탁하는 일도 전처럼 열의가 나지 않았다. 한국에서는 수케르나 수단이나 소말리아가 다 같은 가난한 나라일 뿐이었다. 차라리 북한 아이들을 돕겠다는 사람 앞에서 할 말이 없었다. 수케르의 끔찍한 상황을 알리고 싶었지만 내가 할 수 있는 일은 없었다. 내가 할 수 있는 일은 고작해야 죽은 스카 형에게 주고 싶은 영화를 담을 외장 하드나, 야디에게 줄 파란 기타를 산 것뿐이었다. 그마저도 보낼 수 있는 방법이 없어서 상자에 넣어 내 방에 고이 두었다. 가끔씩 수케르의 악몽을 꾸다가 벌떡 일어나기도 했지만 그 횟수도 차차 줄어들었다. 내게 중요한 건 수케르가 아니라 학교 성적이었다.

겨울이 왔다. 탐스런 눈이 소복소복 내리는 날이었다. 나는 베란다 창가에 서서 눈 오는 풍경을 바라보고 있었다. 쏟아져 내리는 눈송이를 보자 휴먼 엔젤 비행기에서 떨어뜨려 주던 하얀 자루 생각이 났다.

그때 등 뒤로 텔레비전에서 낯익은 목소리가 들렸다. CNN 뉴스 화면에 루카가 보였다. 기자들이 들이댄 마이크 앞에 선 루카는 훨씬 키가 크고 늠름해진 것 같았다. 화면에는 '네덜란드 헤이그 국제사법 재판소 앞'이라는 자막이 흐르고 있었다.

"아프리카의 알려지지 않은 작은 나라 수케르에서 한 소년이 국제사법 재판소를 찾아왔습니다. 소송을 제기하겠다는 건데요……."

기자는 그렇게 말하고 루카에게 마이크를 대고 물었다.

"이름이 뭐죠?"

"루카 탓당헤헤!"

"수케르는 자국민의 외국 출입이 금지됐다는데 어떻게 네덜란드까지 왔죠?"

루카는 기자의 질문에 당당하고 또렷한 영어로 대답했다.

"모로코의 항구 도시 세리타에서 스페인의 타리파 항구까지 밀항을 했어요."

"아, 그럼 모로코까지는 어떻게 이동했죠?"

"걸어서요."

"스페인에서 네덜란드까지는요?"

"걷기도 하고 트럭이나 화물차를 얻어 타기도 하면서 왔어요."

"그렇게까지 해서 국제사법 재판소를 찾아온 이유가 뭔가요?"

루카는 몹시 지쳐 보였지만 눈빛만은 굳은 의지로 초롱초롱했다.

"국제사법 재판소에 소송을 하러 왔어요."

"어떤 소송이죠?"

"모두들 우리 수케르를 제발 좀 가만 내버려 달라고요!"

"내버려 달라는 게 무슨 뜻이죠?"

"수케르에는 다이아몬드 광산이 많아요. 그것을 탐내는 외국 기업들 이 독재 정부를 앞세우고 반군과 전쟁을 하게 만들고 있어요. 그들은 수 케르 독재 정부를 도우며 뒤로는 자원을 약탈해 가고 있어요."

"다이아몬드 광산을 내버려 두라는 말인가요?"

"네, 그리고 우리의 미래도 건드리지 말아 달라고요!"

기자는 루카의 말에 놀라는 눈치였다. 이어서 기자는 아까부터 옆에 서 있던 양복 차림의 노인에게 마이크를 건넸다.

"국제사법 재판소 재판관으로서 의견을 말씀해 주시겠습니까?"

머리가 하얀 재판관이 약간 과장되게 선량하고 점잖고 예의 바른 투로 루카에게 말했다.

"안타깝지만 이 소송은 받아 줄 수가 없어요."

"어째서죠?"

"국제사법 재판소는 국가와 국가 간의 소송을 다루는 기관이에요. 소송을 하려면 자격이 있어야 하는데 그건 개인이 아니라 국가라야 해요."

루카의 표정이 어두워졌다. 기자들의 플래시가 터졌다. 카메라는 루카를 클로즈업해서 잡았다. 여러 개의 마이크가 루카 앞에 모였다. 모두가 루카의 다음 말을 기다렸다.

"재판관의 말을 들은 소감은요? 지금 무슨 생각이 드나요?"

어쩌면 루카를 바라보고 있는 사람들은 모두 루카의 빵 터지는 울음을 기대하고 있었는지도 모른다. 아니면 제발 도와 달라고 간절히 애원하는 모습을 기대했는지도 모른다.

루카가 천천히 고개를 들었다. 굳은 의지로 빛나는 눈빛이었다. 루카는 두툼한 입술을 열고 힘주어 말했다.

"미처 거기까진 몰랐어요. 아직도 수케르는 정보를 얻는 일이 힘드니까요."

"그럼 이제 어떡할 거죠?"

"일단 돌아갔다가 나중에 다시 와야죠. 제가 수케르의 대통령이 돼서요."

모두가 한 방 먹은 것처럼 얼어붙었다.

나는 속으로 루카 만세를 외쳤다.

루카다운 대답이었다. 루카라면 반드시 그렇게 할 거라고 믿어졌다.

그때 나는 환영처럼 보았다. 루카의 옆에서 환하게 웃고 있는 루카의 아빠를. 루카의 어깨에 팔을 두른 채 웃고 있는 스카 형과 루카의 손을 잡고 있는 아디, 그 뒤에 뻐딱한 자세로 서 있는 쿠와메 중사와 지팡이를 든 주술사 말렘 할아버지도 보았다.

나는 화면 속의 루카에게 나지막이 말했다.

"루카, 잘했어!"

.

.

.

.

.

.

.

.

시간은 나를 중심으로 흐른다. 그날 이후 나는 수케르를 까맣게 잊고 지냈다. 전쟁 같은 대학 입시와 취업 전쟁을 치르고 어느덧 나는 직장인이 되었다.

여 직원이 예쁘게 포장된 초콜릿을 내 책상 위에 올려놓고 수줍게 얼굴을 붉혔다. 여 직원은 내가 초콜릿을 안 먹는다는 걸 모르는 것 같았다.

과장님이 어슬렁거리며 다가오더니 초콜릿을 집어 자기 입에 넣으며 말했다.

"박수오 씨, 이번에 우리 회사가 아프리카에 진출한다는 소식 들었어요?"

"아프리카요?"

순간 나는 까맣게 잊고 있었던 루카와 야디가 떠올랐다.

나는 구글에 들어가 검색창에 수케르를 쳤다. 그러나 화면이 뜨지 않고 갑자기 화면이 검게 변하더니 커다랗고 붉은 문자가 쿵 하고 떴다.

Don't touch! SUKERE
— 루카 스카 야디 탓당헤헤 & 말렘 쿠와메 —

나는 너무 놀라 멍하니 화면을 바라보았다. 하지만 이내 화면 속의 글자를 보면서 미소를 짓고 있었다.

이건 루카의 짓이 틀림없었다.

그리고 내 머릿속에 어떤 풍경이 떠올랐다.

아프리카의 초원에 한 그루 우산나무가 보이고 그 아래 하얀색 트레일러 위에 루카가 앉아 있다. 루카는 노트북을 무릎에 올려놓고 진지한 얼굴로 구글을 해킹하고 있다. 옆에는 야디가 걸터앉아 기타를 치며 노래를 부르고 있다. 네 개의 손가락으로도 아름다운 연주를 하는 야디의 얼굴은 평화로워 보인다.

외계인이 쳐들어온다면 지구는 하나가 되겠네.
다이아몬드는 그냥 반짝이는 돌일 뿐이라네.
평화, 평화, 평화, 수케르에 평화를~

시원한 바람이 불고 초원 위를 코끼리 떼가 지나가며 뿌우 하고 운다.
그 뒤로 저 멀리 황금빛으로 빛나는 평화로운 도시가 보인다. 루카의 엘
도라도다.

나는 가끔 생각한다.

먼 훗날 루카를 다시 보게 된다면, 그때 루카는 진짜 수케르의 대통
령이 되어 있을 거라고. 그때의 수케르는 루카가 간절히 원했던 멋진 나
라가 되어 있을 거라고.

어쩌다 보니 아프리카와 관련된 책을 여러 권 쓰고 있습니다. 특별히 아프리카를 좋아해서는 아니에요. 단지, 작가로서 주된 관심사가 불의와 맞서 싸우는 인간의 아름다운 힘 같은 것이기 때문이지요.

아프리카의 여러 나라들은 다이아몬드나 석유 같은 소중한 자원을 많이 갖고 있지만 그것을 지킬 힘이 없어서 끊임없이 약탈당하고 있어요. 빼앗기는 것은 자원만이 아니에요. 눈에 보이지 않는 민주주의, 꿈, 미래, 희망 같은 소중한 가치들도 잃어버리는 거예요.

저는 수케르라는 가상의 나라를 설정해서 인간의 탐욕과 부패한 권력에 맞서 싸우는 인간의 힘을 그리려고 했습니다. 우리의 역사도 그런 경험을 했고, 어쩌면 지금도 크게 다르지 않기 때문입니다.

책 한 권의 힘이라는 게 크면 얼마나 크겠어요. 하지만 저는 책을 쓰면서 무모한 꿈을 꿉니다. 우리 청소년들이 이 책의 등장인물들처럼 나름 멋있게 살았으면 좋겠다고요.

루카처럼 아무 데나 무릎 꿇지 않고 목표를 향해 전쟁처럼 하루를 살았으면 좋겠습니다. 스카처럼 내면이 강한 인간이 되었으면 좋겠습니다. 야디처럼 현실에 지지 않고 꿈을 잃지 않으면 더 좋겠습니다. 나중에 어른이 되어서는 탓당혜혜처럼 약속을 지키는 어른이 되었으면 좋겠습니다. 수오의 엄마처럼 결단할 줄 아는 인간이 되면 얼마나 좋을까요? 쿠와메처럼 진짜 존중받아야 할 인간을 알아보는 통찰력 있는 눈도 가졌으면 좋겠습니다. 무엇보다 수오처럼 나의 세계가 그리 작지 않음을 알았으면 좋겠습니다.

이병승